JN315671

継母が美しすぎて

雨 乃 伊 織

幻冬舎アウトロー文庫

継母が美しすぎて

大きく開いた足の間から、元気な産声《うぶごえ》が上がった。

——生まれた……。

わたしは胸裡《きょうり》でつぶやき、横たえた躰《からだ》をぐったり弛緩《しかん》させた。額《ひたい》に浮いた脂汗を、若い看護師が拭いてくれる。

担当医とほかの看護師は、新生児のケアに余念がなかった。表情はみな真剣で、わたしを疎外している感さえある。

それは錯覚だとしても、誰ひとり祝辞をよこさないのが不思議だった。映画やドラマで見かける光景は、あくまで演出にすぎないということか。

腑《ふ》に落ちず、わたしは「あの、赤ちゃんは？」と控えめに尋ねた。しかしどこからも返事はなかった。代わりに、歳《とし》かさの看護師が「足を下ろして」と事務的に告げた。その声音《こわね》も、あえて切り口上にしている節があった。

「赤ちゃんを見せてください」

ベッドに足を伸ばし、ふたたび声をかけた。すると、寸時の間を挟んで担当医が目配せした。うなずいた看護師が、傍《かたわ》らのバスケットに手を伸ばす。

息詰まる緊張のなか、わたしは足下に眼をやり、ハッと凍りついた。

看護師が胸に抱いた赤ん坊――。

肌の色が日本人のそれではなかった。すなわち夫との間にできた子供ではない……。

惑乱する脳裏に、おぞましい記憶がフラッシュバックした。

昨年の夏、わたしは黒人ふたりにレイプされている。失神している間に、あたかも人形のように弄《もてあそ》ばれて。

「いッ、いやあああああああッ!!」

慄《ふる》えがピークに達した瞬間、すぐ近くで女の泣き声がほとばしった。絶望がありありと滲《にじ》んだ、なんとも痛ましげな響きだ。

「いやッ！　いやッ！　いやあああああッ!!」

尽きない叫びは耐えがたく、わたしは耳を塞《ふさ》いだ。そして気づいた。

脳髄にこだます絶叫が、己の喉《のど》から放たれていることに……。

I

最近、大口の商談が相次ぎ、帰宅は深夜に及んでいる。休日出勤も余儀なくされ、もう三週間近く休んでいなかった。正直、躰の芯に疲れはある。が、充足感はこのうえなく漲《みなぎ》っていた。一家の長としての、さらに言うなら男としての誇りも。

顧客との会食をすませ、世田谷に帰り着いたのは十一時過ぎのことだった。住宅街を貫く通りに人影はなく、立ち並ぶ邸宅も大半が寝静まっている。タクシーを降りた浩利《ひろとし》は、ひとたび自宅を仰ぎ見た。

両親から相続した二階家は、建坪一二〇とかなり広い。築年数こそ三十年を数えるものの、著名な建築家が設計しただけあり、古臭さは感じない。間取りも6LDKと申し分なく、親子三人では持て余すくらいだった。

二階の端、明日香《あすか》の部屋には灯《あか》りがついていた。高校最後の夏休みに入り、受験勉強に励んでいるのだろう。彼女の志望は医学部だった。『人間の心』に興味があり、将来は精神科医になりたいのだという。それは決して夢物語ではなかった。定期試験の成績は学年トップを争い、模試の結果も志望校の合格ラインを常に上回っている。親の贔屓目《ひいきめ》を差し引いても、実にかしこい娘《むすめ》だった。

飛び石の両脇には桔梗《ききょう》や白粉花《おしろいばな》が咲き、常夜灯の光が花弁を淡く濡らしていた。暑気も払われ、ポーチには清々《すがすが》しい香りが漂っている。施錠を解き、玄関に入ると、廊下の奥から美《み》緒《お》が現れた。軽やかなスリッパの足音がいつになく心地よい。

「遅くまでご苦労さまでした」

つやめくロングヘアを揺らし、美緒が一揖《いちゆう》した。ねぎらいの言葉はもとより、たおやかな笑顔にも癒される。差し出された手にアタッシェケースを渡し、浩利は靴を脱いだ。

二十代の若妻らしく、美緒はフリル付きのエプロンをつけていた。その下はノースリーブワンピースで、白い二の腕が眼にまぶしい。縊《くび》れた腰回り、さらには裾から伸びる長い足もすこぶるセクシーだった。

彼女の肩に両手を添え、浩利は口づけした。結婚して以来、帰宅時には必ずキスしている。ふれあう唇は柔らかく、またいい匂《にお》いがした。思わず舌を挿し入れそうになる。だがどうにか躰を離した。熱愛の末に再婚した妻から『さもしい男』と嫌われたくない。あとでじっくり愉しめるじゃないか。昂《たか》ぶる胸の裡《うち》には、そんな想いもあった。

「なにか召し上がります？」

ほんのり頬《ほお》を染め、美緒が訊《き》いた。もし小腹が空《す》いているなら、すぐにできるものを用意するという。才色兼備を地でゆき、彼女は料理上手でもあった。が、フルコースを食してきたので、あいにく腹は減っていない。浩利は「ありがとう」と礼を述べ、とりあえずシャワーを浴びたいと続けた。

「なんだったら一緒に入る？　きみも」

さりげなく誘うと、美緒は「えッ⁉」と眼を丸くした。それが冗談だと気づくや、もうッ、と拳を掲げてみせる。パッと見はクールな印象を与えるが、彼女にはこんな一面もあるのだ。

浩利は「ハハッ」と笑い、寝室へ行ってバスローブに着替えた。

檜《ひのき》の湯船は畳一枚分の大きさがあり、ゆったり疲れを癒せるよう、ぬるめの湯が張られていた。浩利はホッと一息つき、首まで没した躰を寝湯のように伸ばした。そうやってリラックスしているうち、ふと美緒との馴《な》れ初《そ》めが思い出された。

浩利は、建築資材や木製家具の輸入商社を経営している。亡き父が興した会社で、バブル崩壊の荒波を乗り越え、今日では年商三十億を誇るまでに成長していた。来年度には活動エリアを西日本へも拡げる予定だ。計画を練り上げて以降、百余人の社員を鼓舞するべく、精力的に全国を飛び回っていた。

扱う商品の関係上、海外へもよく行く。美緒と知り合ったのも、ヨーロッパへの出張がきっかけだった。いまから一年半前のことだ。

北欧の凍《い》てつく風に祟《たた》られたのか、浩利は、帰国する機上で熱を出した。そのとき、細やかな心配りをするキャビンアテンダントがいた。それが美緒だった。

彼女の看護は献身的で、成田に到着する頃にはだいぶ気分が落ち着いた。体温も平熱近くまで下がった。なのに胸の中はカッカと燃え盛っていた。四十一歳にして、初めて一目惚《ぼ》れというものを経験したのだ。

あなたにお礼がしたい——。着陸する前、浩利はそう伝えた。すると美緒は『乗務員として当たり前のこと』と義務感をほのめかした。いくらか困惑げに。

浩利はめげず、腰が引けた彼女を食事に誘った。名刺とともに馴染みのレストランのカードを渡し、あなたが来るまで何日でも待っている、と。

覚悟したとおり、それからは待ちぼうけの連続だった。辞退する電話もない。元来、粘り強いほうだが、一週間、二週間とまったく音沙汰がなければ、さすがに『縁がなかったのか』と落胆もする。ところが『無謀な賭《か》けは今夜で終わりにしよう』と心に刻んだ矢先、ついに美緒と再会したのだった。

彼女は「こんなやり方をして」と開口一番に非難した。しかし、ドレスアップした姿に、浩利は『脈あり』と心を躍らせた。もちろん真摯《しんし》に詫《わ》びた。想いの丈もありのままに伝えた。そんなまっすぐさが奏功したのか、打ち解けるのにそう時間はかからなかった。のちに知ったことだが、彼女は強引なタイプに弱く、それも追い風となったようだった。

やがて交際がスタートした。華やかな職場にいるにもかかわらず、美緒は意外なほど身持ちが堅かった。ある意味それも当然で、彼女の父親は都市銀行の取締役、母親は旧家の出という、いかにもな家柄だった。

美緒には『結婚を前提につきあいたい』と当初から伝えていた。その宣言どおり、半年後には正式にプロポーズした。彼女からはすぐに喜びの返事があった。

とはいえ、結婚までの道のりは決して平坦ではなかった。美緒の両親がまず難色を示した。それも無理からぬことだと思う。相手は十四歳も離れており、しかも高校生の連れ子がいたのだから。が――。

ここでも追い風が吹いた。美緒の実兄とウマが合い、ふたりの結婚をバックアップしてくれたのだ。心強い援軍を得て、浩利は手始めに母親を、そして最後まで渋っていた父親を、半年がかりで口説き落とした。

残るは娘の明日香だった。美緒の両親より、むしろ彼女のほうが手強《てごわ》かった。

浩利には、三年前にもプロポーズした女性がいた。しかし明日香が「あたしのお母さんは死んお母さんだけ」と再婚を認めず、それがもとで破談となった。相手が美緒に変わっても、彼女の姿勢は一貫していた。自分がどれほど美緒のことを愛し、美緒がいかにすばらしい女性であるかを説いても、彼女の首は横に振られるばかりだった。

が、今度は浩利も譲らなかった。美緒のような女性とはもう出逢えない。このチャンスを逃したら一生後悔する――。そんな強迫観念が湧《わ》き起こり、半ば振り切るように結婚へと至ったのだった。

つまり我を通したわけだが、この決断はしごく正解だったと思う。あれほど反対していた明日香も、最近では一緒にスポーツクラブへ行ったり、ショッピングを楽しんだりしている。呼び方も『美緒さん』という他人行儀なものから『ママ』に変わった。三人で暮らすようになって、家そのものも明るくなった気がする。父親として、愛する妻の夫として、これほど嬉しいことはない。この幸せが長く続くよう心から願った。

――そのためにも、もっと頑張らなくちゃ。

両手で湯を掬《すく》い、顔をゴシゴシ洗った。

さっぱりして風呂を出ると、リビングに足を向けた。エプロンを外し、わたしもシャワーを、と美緒がソファから腰を上げる。濡《ぬ》れた髪をタオルで擦《こす》りながら、浩利は「上で待ってる」と微笑《ほほえ》んでみせた。なにげない一言だが、『今夜はきみを抱く』というサインだ。むろん彼女も承知しており、小声で「はい」とこたえるや、ポッと頬を染めた。

十二時を回った頃、寝室のドアが静かに開いた。眼があうと、ドアを閉めた美緒はかすかに躰をもじつかせた。いつまでも初々《ういうい》しさを失わないところが、いかにも彼女らしい。読んでいた経済誌をサイドテーブルに置き、浩利は「おいで」と腰をずらした。

隣に座った美緒は、白いパジャマ姿だった。ネグリジェも何枚か持っているが、着用するのは寝るときだけにかぎられている。本人いわく、明日香の前でセクシャルな恰好《かっこう》はしたくないのだそうだ。同様の理由から、ベッドはふたつに分けていた。

とはいえ、各々セミダブルなので支障はなかった。強《し》いて不満を挙げるなら、未《いま》だに照明を絞らされることくらいか。それでも以前に比べれば遥《はる》かにマシだった。結婚前など、ほぼ真っ暗な中で抱いていたのだから。

浩利はスタンドの調光ダイヤルを捻《ひね》った。前回より若干明るめに留《と》める。そうやって裸を見られることに少しずつ慣れさせているのだ。夫の目論見《もくろみ》には彼女もとうに気づいているだろう。だが羞《は》じらいこそすれ、『もっと暗くして』と催促することはなかった。

やさしく肩を抱くと、美緒は顔を振り向け、長い睫毛《まつげ》を閉じた。セックスする晩、彼女は必ず寝化粧をする。キスを待つ若妻の顔は、息を呑《の》むほど美しかった。浩利はルージュを刷《は》いた唇に自分の唇を重ねた。もはや我慢する必要はない。いまは夫婦ふたりきりの世界にいるのだ。甘く香る唇を割り、尖《とが》った舌を挿し入れた。んッ、くッ、と喉の奥で呻《うめ》き、彼女も舌を伸ばしてくる。梳《す》き上げたロングヘアからシャンプーの匂いが漂い、それがまた欲望の炎を煽《あお》り立てた。

パジャマの上から乳房をさすると、美緒の躰が一瞬硬直した。かまわず五指を絡め、ソフトに揉《も》みしだいた。その間も唇は離さない。

美緒のバストは量感たっぷりだった。サイズを訊いてもはぐらかされてしまうが、Hカップなのは知っている。左右の乳房を愛撫《あいぶ》すると、美緒は自ら抱きついてきた。

首筋、脇腹、太腿《ふともも》へも掌《てのひら》を這《は》わせ、満を持してパジャマを脱がせにかかった。ボタンを外しながら、うなじにも口づけをする。美緒は「ああッ」とハスキーに叫び、腰を仰《の》け反《ぞ》らせた。その拍子に、たわわな乳房がブルンと弾んだ。

しなやかな足からズボンを抜くと、浩利は「立って」と耳許《みみもと》で囁《ささや》いた。上気した顔にためらいを滲ませたものの、美緒は「はい」と腰を上げた。

正対した彼女はブルーの下着をつけていた。海外ブランドの製品らしく、手の込んだレース遣いが素性のよさを窺《うかが》わせる。カットも秀逸だった。とりわけショーツに眼がゆく。いわゆる『ハイレグ』のため、抜群のプロポーションがより際立った。

「まるでハリウッドスターみたいだ」

率直な賛辞を述べると、はにかんだ美緒が「うん」とうなずいた。その少女じみた仕草がいじらしく、彼女の躰をベッドに横たえるやキスの雨を降らせた。

「あなた、わたしなんだかもう――」

ペッティングを再開すると、寄り添う美緒の腰がくねりだした。彼女は最近、豊かな反応を示す。悦《よろこ》びを知ったといってもいい。しかしまだ序の口だ。ブラジャーを外した浩利は、まろび出た乳房を指先で揉みはじめた。

「一頃よりまたおっきくなったんじゃない？」

「そんなことありません」

サッと頬を染め、美緒は即座に否定した。なぜか彼女は『巨乳』であることにコンプレックスを抱いているのだ。夫としては自慢のひとつであるのに。やや乳輪が大きく、その点はとくに気にしているようだった。彼女のそれは確かに五、六センチある。乳首もいくらか大きめだ。しかし全体のバランスを考えると、どちらも適正サイズといえた。見た目だって美しい。弾力もゴム鞠《まり》のごときだ。それを裏付けるように、色づく双乳は重力に逆らい、お椀《わん》形を維持していた。

贅沢《ぜいたく》な悩みだ、と浩利は苦笑った。ここはお仕置きせねばなるまい。

根元から乳房を縊り上げ、蕾《つぼみ》にキュッと吸いついた。とたんに美緒が「ああッ」と叫ぶ。背筋を反らせ、彼女はガクガク震えた。

「そんなに強くされたら――」

息が荒くなるにつれ、美緒の肌が汗ばみだした。乳首はぷっくり膨らみ、赤みも増している。乳房全体に舌を這わすと、やがて乳輪もしこってきた。わずか数ミリの盛り上がりだが、男の欲情を刺激してやまない。

交互に愛撫しながら、もう一方の手で美緒の腹を撫《な》でた。彼女のウエストは実によく締まっている。サイズは間違いなく六〇センチ以下だろう。縦長の臍《へそ》をくすぐると、彼女は「あッ」「いやッ」と縊れた腰をのたうたせた。

いまや浩利のペニスも芯から疼《うず》いていた。昂ぶる鼓動にあわせ、ドクッ、ドクッと脈打っているのがわかる。バスローブを脱ぎ捨て、トランクス一枚になった。

「ああッ、そこッ――」

ショーツの上から性器をさすると、柔肌のうねりが激しくなった。ハア、ハアという息吹きも艶《なま》めかしく響く。前戯でまず一歔《ひとな》きさせるのが近頃のパターンだった。陰裂を擦り上げるうち、薄い布地が湿り気を帯びてくる。ショーツを捲《めく》り、じかにクレバスをまさぐった。

「あッ、いやッ」

鼻声で叫び、美緒が下半身を捩《よじ》らせた。内腿が窄《すぼ》まり、性器を撫でる指が挟まれる。かまわず秘孔をしごくと、彼女は「あッ」「あッ」と擦《かす》れた声を放ち、ふっと脱力した。軽くアクメに達したのだろう。

だが本番はこれからだ。浩利はショーツに指をかけ、弛緩する躰から抜き去った。

スタンドの灯りが照らすなか、全裸になった美緒はぐったり喘《あえ》いでいた。シーツに横たわる姿はヌードモデルのように麗しい。頬には後れ毛が張りつき、それがまた眼を奪わせた。

が、見惚《みと》れていたのは寸時のことだった。ここで間を置くと火照《ほて》りが冷めてしまう。ベッドを躄《いざ》った浩利は、美緒の膝裏《ひざうら》を鷲掴《わしづか》んだ。

股間《こかん》を割り裂かれ、ハッと眼を剝《む》いた美緒が「ああッ」と叫んだ。両足に力を込め、じたばた股を閉じようとする。負けじと上体を前のめりにした。体重をかけ、もがく太腿をシーツに押しつけた。

「こんな恰好、いやです！」

いわゆる『M字開脚』のポーズを取らされ、美緒は半ベソ顔で訴えた。枕から頭をもたげ、イヤイヤをしながら見つめてくる。その瞳はねっとり潤んでいた。確かにすさまじい痴態ではある。しかし聞く耳は持たなかった。羞恥にうろたえるさまを見ていると、つい苛《いじ》めたくなるのだ。彼女にはマゾの気があるのでは――。そんなふうにも思う。それで嗜虐心《しぎゃくしん》に火がつくのではないか、と。

ありえない話ではなかった。その証拠に、最後はいつも言うことを聞く。

「美緒のあそこ、舐《な》めてあげる」

微笑んで告げるや、膝が乳房に当たるくらい、屈曲した足を押し上げた。美緒は「いやあ」と涙声をこぼし、枕に沈めた頭を左右させた。だが案の定、浩利を突き飛ばしたり、ベッドから逃げようとはしなかった。

「きみも悦んでたじゃないか、こないだ」

忘れたとは言わせない——。言外にそう伝えると、恨めしげな眼がすっと泳いだ。それにあわせて抗《あらが》いも弱まる。

かわいい女だ、と浩利はふたたび微笑んだ。

類稀《たぐいまれ》なる美貌《びぼう》とスタイルを誇りながら、美緒はきわめて奥手だった。処女ではなかったが、これまでの交際相手とはプラトニックな関係でいたらしい。セックスした回数はトータルで十回未満だとも聞いていた。よって性に疎いのもうなずける。

とはいえ感度が鈍いわけではなかった。むしろその逆だ。先日、初めてクンニリングスに挑んだとき、彼女は「やめて」「恥ずかしい」と涙をあふれさせた。が、強引にねぶり立てるうち、湿っぽい哀訴はつやめく喘ぎへと変化した。そして瘧《おこり》のように総身をのたうたせ、あられもなく気をやったのだった。

「僕はもっと感じてほしいんだ、きみに」

「……けど、こんな恰好――」

最後まで言わせず、おののく股間にむしゃぶりついた。ああッ、と悲鳴がしぶき、押さえつけた両足がビクンと跳ねる。浩利は舌を伸ばし、ぬめるラビアを舐めさすった。

「いやッ、そんなとこ――」

美緒の手が伸び、性器が覆われた。だが慌てはしない。ここで説き伏せるのも前戯のうちだ。浩利は躰を起こし、美緒、と声をかけた。

「きみがどうしても嫌だっていうなら無理強いはしない。でも、セックスを楽しみたい想いがあるなら、なにもかも任せてくれ」

俗に言う『まんぐり返し』に近いポーズをさせているだけに、羞じらう面持ちが一段とそそった。美緒は洟《はな》を啜《すす》り、真っ赤な顔を背けた。股間を隠す手も外される。彼女の手は宙をさまよい、シーツを握り締めた。さながら襲いくるものに耐えるかのごとく。

「……おねがい、やさしくして……」

「もちろんだとも」

セックスする際、美緒はたびたび『やさしくして』と言う。それを浩利は『気持ちよくして』と解釈することにしていた。半ば使命感に燃え、あらためてクンニリングスを開始する。

まずはご挨拶とヴァギナに吸いついた。直後「あうんッ」と美緒が呻く。しかし押し開いた足をピクリと痙攣《けいれん》させた以外、これといった抵抗はなかった。

「美緒のここ、とってもきれいだ」

乳首と同じく、ヒクつく肉襞《にくひだ》は桜色をしていた。色彩だけなら処女といっても通用する。片や、形状は歳相応に熟れていた。ぽってり肉厚で、くつろぎ加減もいやらしい。丹念に舌を這わすと『牝《めす》』の匂いが濃厚になった。たちまち『牡《おす》』が刺激され、ペニスがいっそう熱くなる。

美緒の膝から右手を外し、肉襞の頂を剝き上げた。彼女のクリトリスは丸っこく、あたかもピンクパールを想わせる。サイズも大きかった。ゆうにパチンコ玉くらいある。堪《たま》らず浩利はねぶった。舌先で転がし、キュッと吸い上げた。

「ああッ！　そこはッ！」

女の弱点を責められ、美緒が甲高《かんだか》く叫んだ。うねる腰がひときわ暴れだす。それでも内股は閉じられなかった。左足は自由に動くにもかかわらず。

「いやッ、もっとやさしく——」

美緒の懇願を聞き流し、執拗《しつよう》にクリトリスを嬲《なぶ》った。舌と唇をフルに使い、ときに甘嚙《あまが》みしながら、飾り毛にも手を這わせた。しとやかな彼女にふさわしく、さわさわした指ざわりはひどく繊細だった。

ほどなくクリトリスが勃起した。赤みを増し、包皮をすっかり押し退《の》けている。手を離しても引っ込むことはなかった。立てた中指に愛液をまぶし、浩利はヴァギナに沈めた。

「んむううぅッ」

やおら抽送をはじめると、噛み殺した呻きが耳に届いた。口許に手を当て、美緒は必死に流されまいとしている。そんな彼女が愛《いと》おしく、浩利は『もっと歔かせてやる』と胸を躍らせた。これも愛しているがゆえだと。

しこるクリトリスを舌でくねり、潤うヴァギナをしごき立てた。美緒は「ああッ」「いやあッ」と身悶《みもだ》え、気弱げな眼をよこした。だが手心は加えず、ゆっくりと、確実に、彼女を追い詰めていった。

「イクときは『イク』って言うんだよ」

「いやッ……そんな……」

あッ、あッ、と喘ぎながら、美緒は切れ切れに反駁《はんばく》した。

結婚して知ったのだが、美緒の性器は人一倍濡れやすかった。前回、口と指でオルガスムスへと導いた際には『潮』まで吹いている。しかも盛大に。

今夜もとことん気をやらせるつもりだった。自《おの》ずとサディスティックな心持ちになり、弾けんばかりのクリトリスを、燃えたぎるヴァギナを、しゃにむに責め立てた。

「美緒のオマンコ、グチョグチョだ」

あえて下品に指摘すると、彼女は「いやッ、そんな言い方ッ」と半ベソ顔を打ち振るった。

「おねがいだから、もう――」

「イキたいんだね。よし、わかった」

見開いた双眸《そうぼう》が『違う』と訴えるのを尻目に、浩利は追い込みにかかった。躰を起こし、秘孔を貫く指を二本に増やす。同時に親指の腹でクリトリスをこね回し、集中的にGスポットを撫でさすった。

「あなたッ、それ以上されたらッ――」

浩利の腕に手を伸ばし、ふたたび美緒が慈悲を乞うた。その手を押さえつけ、抽送するピッチをさらに上げる。美緒は「あッ」「いやッ」と息も絶え絶えに悲鳴をしぶかせ、火照った喉をグンと反らせた。

「イクとき『イク』って言うんだよ」

Gスポットを擦りながら念を押すと、美緒はガクガクうなずいた。瞳は焦点を失い、喘ぐ口からは「もう」「もう」とうわ言がこぼれる。じきにヴァギナが蠕動《ぜんどう》し、責め嬲る二本の指に絶頂の兆しを伝えた。

前回は、予想外の『潮吹き』にシーツを濡らしてしまっていた。そのため今夜は、枕の横にバスタオルを用意してある。丸めたそれを摑み、浩利はベッドに拡げた。

それを知ってか知らずか、美緒が「ああッ、イキそう――」と熱っぽく叫んだ。波打つ躰に覆い被《かぶ》さり、浩利はラストスパートに入った。身悶えが激しくなるのにあわせ、股間から届くクチュ、クチュという音が水気を帯びてくる。そしてついに――。

「イクッ！　イキます！　イクうううううッ!!」

断末魔の声にまみれ、しなやかな躰が反り返った。それでも浩利は手を止めず、濡れそぼるヴァギナを掻《か》き毟《むし》った。女のほとばしりは、あとを絶たずにあふれてくる。美緒は「駄目ッ」「またイッちゃう」と喚《わめ》き散らし、裸身をのたうたせてガクリと果てた。

寝室に静寂が降りるなか、ハアッ、ハアッという荒息のみが耳を衝《つ》いた。膝立ちになった浩利は、胎児のように身を縮める美緒から己の右腕に眼を移した。肘から先がびっしょり濡れている。敷いたタオルも至るところに染みができていた。

――まるでおしっこを漏らしたみたいだ。

愛妻をイカせたことに満足し、拾い上げたタオルで腕を拭《ふ》いた。

「どう？　気持ちよかった？」

呼吸が整うのを待ち、後ろから抱くようにして訊いた。しかし羞じらう彼女から返事はなかった。すごく感じたみたいだね。意地悪く畳みかけると、彼女は鼻を鳴らして寝返りを打ち、浩利の胸板に顔をうずめた。

「僕も興奮した」美緒の手を掴み、股間へ導いた。「ほら、もうコチコチだろ?」

トランクス越しにペニスを押しつけられ、美緒は手を引こうとした。だが浩利は許さず、
今度はきみが気持ちよくしてくれる番だ、と紅潮した横顔に囁きかけた。

「せっかくだから、こないだみたいに」

美緒がハッと眼を瞠《みは》った。浩利は『そうだ』と顎《あご》を引く。

前回、彼女にはシックス・ナインも経験させていた。最初はベソをかいて嫌がったが、互いに性器をねぶるにつれ、我を忘れて歔き狂ったものだ。そのときの昂ぶりが甦ったのだろう、美緒は「はい」とかすかにうなずいた。

浩利はトランクスを脱ぎ、ベッドに仰向けになった。ひとたび四つん這いになり、美緒がおずおずと跨《また》いでくる。排泄《はいせつ》する犬のように片足を上げるさまは、思わず喉を鳴らしてしまうほど卑猥《ひわい》だった。

「さあ、おしゃぶりして」

美緒の太腿を抱え込み、浩利はフェラチオを命じた。小声で「はい」と返事があり、控えめにペニスが摘《つま》まれる。ややあって舌が押し当てられた。ときおりチュッ、チュッと音を立て、柔らかく愛撫してゆく。

両手でラビアを割り開き、浩利もヴァギナに吸いついた。一度アクメに達しているので、美緒はすぐに悶えはじめる。喘ぎ声は鼻にかかり、ぬめる秘孔からはまた蜜があふれた。

「美緒、だいぶ上達したね」

やがてペニスが屹立《きつりつ》し、返礼とばかりに成長ぶりを褒めると、覆い被さる彼女の躰がうねった。さしずめ『そんなこと言わないで』という抗議のサインか。微笑んだ浩利は、濡れ光るクリトリスを舌で転がした。

正直、美緒のフェラチオはまだ拙《つたな》い。結婚するまで未経験だったのだから、当然といえば当然といえる。奉仕のやり方はペロペロ舐めるのがメインで、深く咥《くわ》えて舌と唇でしごくよう教授しても、なかなか積極的になれずにいた。とはいえ不満はない。健気《けなげ》な彼女なら、陰《いん》嚢《のう》へのペッティングや喉でストロークする技など、そのうち覚えてくれる。

――いまは未熟さを満喫しよう。

胸の裡でつぶやき、浩利も奉仕に努めた。

技巧が足りなくても、逆体位のおかげで興奮はひとしおだった。なにより陰部が丸見えなのがいい。性器のほころび加減はおろか、肛門のヒクつきまで観察できる。

わずか十数センチ先にある肛門は、淡い菫色《すみれいろ》をしていた。かたちは真円で、放射状に刻まれた皺《しわ》のラインまで美しい。これが排泄器官とは思えず、浩利はつい『美緒のお尻の穴、花みたいにきれいだ』と口走りそうになった。が、瞬時に思い留まる。そんなことを言ったら、彼女は間違いなく浩利の躰から飛び下りてしまう。あるいは羞恥に苛《さいな》まれ、シクシク泣きだすかもしれない。

そう危惧する一方で、泣き顔を見てみたい、とも思った。妄想は加速し、涙する姿がオーバーラップする。劣情はペニスの脈動とまじりあった。にわかに腰のあたりが痺《しび》れだし、カッと熱くなる。

——このまま口の中に出してしまおうか。

一瞬、そんな考えが脳裏をよぎった。これまで口内射精したことはない。それすなわち彼女は精液の味を知らないことを意味していた。いきおい征服欲が頭をもたげる。だが、了解なくそんな真似をしたら夫婦仲はどうなるのか。そもそも驚いた彼女はすぐに吐き出してしまうだろう。口の中で果てるなら、うっとり飲み干してもらいたかった。

「美緒、ありがとう」

落ち着きを装い、汗ばむヒップを一撫でした。それを合図に、美緒が躰の向きを変える。彼女がベッドに横たわる間に、浩利はコンドームを装着した。

美緒にはぜひ男の子を、会社を継ぐ跡取りを産んでほしい。男児を産み分けるには、排卵日に受精させるよう医者から指示されていた。不慮の妊娠を避けるべく、排卵日以外は必ず避妊するようにとも。したがって結婚してからというもの、いくら生でまじわりたくても、このルールだけは頑《かたく》なに守ってきた。

仰向けになった美緒は、煙《けぶ》る双眸に恍惚《こうこつ》の色を滲ませていた。艶めく吐息にあわせ、豊かなバストが上下している。そんな彼女の膝を摑み、おもむろに割り開いた。あッと小声で叫び、彼女が身をくねらせる。しかし最前のような激しい抵抗には遭わなかった。むしろ協力的で、ペニスを秘孔にあてがうと胴震いがやんだ。

「入れるよ」

やさしく告げ、浩利は腰を突き出した。「ああッ」と嬌声を放ち、美緒の躰がグンと仰け反る。そのさまは淫靡《いんび》きわまりなく、ともすれば感動的ですらあった。

下半身から拡がる快感もこのうえない。美緒のヴァギナは意思を持った生き物のようにうごめき、抜き挿しするペニスを心地よく締めつけた。

「あッ……いやッ……駄目ッ……」

本格的にストロークを開始すると、じきに美緒がよがりだした。グラマラスな肢体はますます汗ばみ、朱色を帯びた雪白の肌をよりきらめかせている。浩利はたわむ乳房に手を伸ばした。ペニスを繰り出しながら揉みしだき、しこる乳首をしごき立て、わななく彼女の口からさらなる喘ぎを絞り取った。

「僕の首に腕を回して」

正常位のほかに、美緒は後背位しか経験したことがない。その後背位にしても『妊娠しやすい体位だから』と理詰めで実行させたものだった。が、そろそろ別の体位を試したい。浩利は「しっかり抱きついて」と彼女の上体を抱え起こした。そのままベッドの端まで腰をずらし、カーペットに足をつく。

初体験となる対面座位に、美緒は「こんな恰好――」と羞じらいを深めた。自分から腰を振るよう命じても、イヤイヤをして動こうとしない。ならばと下からヴァギナを小突いた。言うことを聞くまで二度、三度と。

そうして五回ほど突き上げたときだった。

「あなた、笑わないで……」

消え入るように懇願し、美緒がヒップを揺すりはじめた。浩利は「笑うもんか」と囁き、しなる背中を撫でさすった。下から乳房を支え持ち、尖る乳首に吸いついた。

「あッ……あッ……あッ……あッ……」

浩利の肩を両手で摑むと、美緒はリズミカルに喘ぎだした。それにともない腰遣いも大胆になる。上下の動きに回転が加わり、「ああッ」「すごいッ」と総身をのたうたせるたび、つやめく長い髪がふわりと拡がった。

貞淑な妻の意外な乱れように、浩利も射精感をおぼえた。最後はバックで放出するつもりだったが、もはや体位を移す余裕はない。いわば嬉しい誤算だった。愛してやまない妻をまた一歩、自分好みの女へと変貌させた気がする。『昼は淑女、夜は娼婦』という、誰もが理想とする女へ。

「美緒、このまま一緒にイこう」

言うや、子宮を貫く勢いでペニスを突き立てた。ああッ、嬉しい、と美緒もくなくな双臀《そうでん》をなすりつけてくる。

ふたりは憑《つ》かれたように腰をグラインドさせた。そして「出るッ」「わたしもイクッ」と相次いで叫び、ともに昇り詰めた。

2

ガレージからベンツを出し、美緒はウインドウを下げた。見送りに出てきた浩利に「じゃあ行ってきます」と手を振る。浩利も「気をつけて」と笑顔をよこした。八月も半ばに入り、朝の通りには夏休みムードが漂っている。緑豊かな庭では、かまびすしく蟬が鳴いていた。

「お父さん、今日一日ママを独り占めさせてもらうから」

助手席から身を乗り出し、ワイシャツ姿の浩利に明日香が笑いかけた。どうしても人任せにできない仕事があり、彼は一日遅れで別荘に来る予定になっている。愛娘《まなむすめ》のからかいに照れ笑うさまが愛おしく、美緒もくすりと微笑んだ。

「それではお先に」

いまいちど手を振り、ベンツを発進させた。行く手には真夏の青空が広がっている。湧き上がる入道雲はひときわ白く、まさに絶好の行楽日和だった。

「ママ、聴きたい曲ある?」

赤信号で停車したとき、明日香がCDケースを開いた。美緒は「そうねえ」とケースを覗き、アヴリル・ラヴィーンの『ベスト・ダム・シング』をリクエストした。

「オッケー」

快活に言い、明日香がCDをセットした。大ヒット曲『ガールフレンド』のノリのいいイントロが流れだし、ふたりでハミングする。

彼女がアヴリルファンであることは前々から気づいていた。したがって、この選曲には迎合も含まれる。かつて結婚を反対されているだけに、つい気を遣ってしまうのだ。

とはいえ疎ましく思ったり、恨んだりしたことは一度もなかった。プロポーズされた当初は、むしろ逢うたびに憐《あわ》れみをおぼえた。

多忙な浩利は家を空けがちで、明日香は自然と『お母さん子』になった。しかし十二歳のとき、愛する母親が癌《がん》で他界する。以後、通いの家政婦に身の回りの世話をしてもらい、表向きは不自由のない暮らしを取り戻した。それでも哀しみや喪失感までは埋まらない。

寂しさの反動から、中学・高校にかけて明日香はかなりグレたという。そのうち夜遊びに耽《ふけ》るようになった、とも。

だが彼女は『不良』ではなかった。プライドが高いゆえ、堕落しきることに抵抗があったのだろう。すさんだ時期でも学校にはきちんと通っていたらしい。成績も申し分なかった。なにしろ全国屈指のお嬢さま学校〈世田谷女子学園〉において、テストの結果はいつもトップグループを維持しているのだから。

奔放にして勤勉。そんな二面性を内包しているせいか　明日香はどこか計り知れないところがあった。加えて気分屋でもある。今回の休暇にしたってそうだ。初めはどんなに誘っても「ふたりで行ってくれれば」と素っ気なかったのに、夏休みに入る直前「あたしも行く」と急に翻意している。

——ひょっとして、わたしたちを監視するつもりじゃ……。

一時はそんなふうに勘繰りさえした。まだ家族として認めてくれないのか、と。

だが、疑念はすぐに解消された。翌日、初めて『ママ』と呼んでくれたからだ。それで悟った。明日香もまた接し方がわからず、気後れがあったことに。

彼女は浩利を『お父さん』と呼ぶ。対して美緒は『ママ』――。アンバランスではあるものの、はにかみながら『ママ』と口にした、そのいじらしさが忘れられない。感激のあまり、美緒もつい涙ぐんでしまったものだ。

そのときの喜びを思い出しつつ、ちらりと助手席を見やった。『なに？』と小首を傾《かし》げ、明日香が見返してくる。その表情はとてもキュートだった。

――アッちゃんは素直でいい子だ。

いくらか我《わ》が儘《まま》で、誤解されやすい面もあるが、決して偏見を抱いてはいけないと、母親としての想いをあらためて強くした。

「ママ、キャンディ舐める？」

用賀のランプから東名に入ると、ポーチを開けて明日香が訊いた。やはりお盆休みとあって、高速は何箇所も渋滞している。美緒は「何味？」と尋ね返した。

「んーと、ペパーミント。これ、眠気が吹っ飛ぶくらいスーッとするの。受験生には必需品って感じかな、徹夜するときの。ママにもちょうどいいんじゃない？」

「どうして？」

「新婚さんは寝不足になりがちでしょ？」

いたずらっぽく笑いかけられ、美緒は「そんな——」と頬を火照らせた。仔猫みたいな笑い顔がまた小憎らしい。照れ隠しにサッと拳固《げんこ》を振り上げた。

「大人をからかうんじゃないの！」

キャアと愉《たの》しげに叫び、明日香が『待った』のポーズを作った。美緒の手がハンドルに戻ると、かいがいしく包みを剝きはじめる。

「はいママ、アーンして」

視線を前に向けたまま、美緒は大きく口を開けた。舌で転がすとミントの刺激が鼻に抜ける。明日香も口に放り、ヒーッ辛い、と酸っぱい顔をしてみせた。

「さあ、シャキッといきましょう」

おどけた掛け声に、美緒は「オー」と片手を突き上げた。胸のときめきを反映するかのように、細めた眼で見つめる前途はキラキラ輝いていた。

四時間かけ、西伊豆には昼過ぎに到着した。

「ママ、この先に市場があるの」

別荘まで約三キロに迫ったとき、鄙《ひな》びた漁港を指差して明日香が言った。朗らかに語られたところによると、そこは土産物屋も兼ねており、上の階には食堂もあるという。

「ついでに買出しもしちゃおうよ。お酒とかも売ってるから」

彼女の提案に、美緒は「そうね」と一も二もなく同意した。せっかく伊豆に来たのだから、夕食も海の幸を楽しみたかった。

駐車場にベンツを停めると、明日香に従い市場の二階へ上がった。午後一時を回っているため、店内はそれほど混雑していない。先客の中には地元の人々も見受けられた。とはいえ観光客はその倍以上おり、リゾートウエアで着飾っていても浮くことはなかった。

二列に並んだテーブルの向かいは、小上がりになっていた。窓の先には駿河湾が広がっている。照りつける陽射しに波頭がきらめき、眼にまばゆかった。

幸い手前の座卓が空いていた。そこに座り、美緒は刺身定食を、明日香は海鮮丼を頼んだ。旬《しゅん》の味覚に舌鼓を打ちつつ、女同士のお喋《しゃべ》りに興じる。屈託のない笑顔が、くつろぎのひとときに花を添えた。

食事を終えると、連れ立って一階へ下りた。

自動ドアをくぐった先は、市場というよりデパートの物産展といった感があった。客引きの声はおとなしく、見た目からして慌しくない。ただし品数は豊富だった。東京にはない珍しい食材があちこちに並んでいる。おかげでそれなりに賑《にぎ》わっていた。

やはり観光客だろう、外国人の姿もあった。黒人のふたり組だ。タンクトップに短パン姿なので、一見NBAプレイヤーを彷彿《ほうふつ》させる。実際、周りの日本人より三、四〇センチも高かった。筋肉も隆々としている。とくに肩と二の腕の盛り上がりがすごい。張り詰めた黒い肌は、鞣革《なめしがわ》のようにぬめ光っていた。

圧倒的な存在感に眼を奪われていると、買い物客の頭越しにニッと笑いかけられた。揃《そろ》ってサングラスをしているが、明らかにこちらを見ている。それに気づいた明日香が「知り合い？」と問うた。美緒は「ううん」と否定し、目の前の保冷ケースに眼を戻した。

「ママ、この鯛《たい》おいしそう」

「だったらカルパッチョにしてみる？」

そんなふうに相談しながら、市場を見て廻った。食べたいものを口にしあうたび、冷菜のパスタ、焼きはまぐり、と夕食のメニューが決まってゆく。

ジュース類やワインは車のトランクに積んであった。たしなむ程度なら、と明日香も飲酒が許されている。浩利のために、酒屋では缶ビールを一ダース買った。

まだ時間が早いので、市場を出ると下田方面へ走った。入り江を歩いたり、岩場から海を眺めたりしたのち、松並木を戻って別荘へと向かう。

三叉路《さんさろ》を折れ、林を切り分ける上り坂を進むと、ほどなく視界が開けた。右手にログハウス風の管理事務所がある。停止線でブレーキを踏み、表に出てきた初老の管理人に「十六号の永瀬《ながせ》です」と番地や名前を告げた。

「ああ永瀬さん。いらっしゃい」地蔵顔をやわらげ、管理人がひょいと会釈した。「お風呂のほう、お湯を溜めておきましたよ」

丘に広がる別荘地には温泉が引かれている。湯量は豊富で、掛け流しも可能だった。永瀬家の風呂は浴槽も大きい。ちょっとした旅館くらいある。そのため、ここを訪れる際には事前にお湯張りを頼んでいた。

緩やかなカーブを抜けると、前方に白い洋館が見えてきた。敷地面積七〇〇坪、延べ床面積は三〇〇平米だと聞く。家族のみならず、取引先や従業員を招くこともあった。

屋根付きの駐車場は、横並びで六台停めることができた。その真ん中にベンツを停め、明日香と手分けして荷物を運び込んだ。

「ママ、お風呂に入ろうよ」

食材やビールを冷蔵庫にしまい、リビングで一息つくと、着替えやバスタオルを手に明日香が言った。ええ、と美緒はうなずき、彼女に続いて浴室に向かった。

「今日も暑かったね」

無邪気に笑いながら、明日香はたちまち下着姿になった。ストライプの下着はいかにもティーンエイジャーらしく、女の眼にもかわいく映る。反面、しなやかな躰からは、ほんのり色香が漂った。バスト、ウエスト、ヒップ、さらには長い足。いずれも見事なカーブを描き、彼女はこの先グラマーになることを確信させた。

「ママ、いまチラ見してたでしょう？　あたしのこと」

ふと視線があうと、明日香がはにかんで指摘した。美緒は「ごめんなさい」と苦笑まじりに謝り、ちょっと照れくさいわよね、と自分もドキドキしていることを明かした。互いに裸を晒《さら》すのは、これが初めてのことだ。

一足先に全裸になり、明日香が引き戸を開いた。彼女の後ろ姿は、とてもコケティッシュだった。お尻などプリッとしており、美緒は『ほんと桃みたい』と感嘆した。

バスルームはおよそ一五畳あり、ふたりで使うには贅沢なほど広かった。かたちは横に長く、いまは仕切りが外されているが、真ん中から『男湯』『女湯』に分けられる構造になっている。高台にあるので眺望もすばらしかった。正面のガラス窓からは、夕陽に染まる駿河湾が一望にできた。

「ママ、背中流してあげる」

横並びでシャワーを浴びると、弾む口調で明日香が言った。スポンジにボディソープを染み込ませた彼女は『自分でやるからいいわよ』と拒むいとまを与えず、真後ろに座り直した。美緒は「じゃあ、お願い」と気後れを排して頼んだ。心臓がまたドキドキしはじめる。それは期待感の高まりでもあった。今回のバカンスを機に、ふたりの関係がより親密になれば、と人知れず望んでいたのだ。ある意味、願ってもないスキンシップかもしれなかった。

「ママの肌、すごくきれい。お餅みたいに白くて、きめ細かで」

そんな褒め言葉を皮切りに、しばらくなごやかなムードが続いた。が、すっかりリラックスしだしたとき、美緒は思わず「あッ」と叫んだ。明日香の手が、ふいに両脇から伸びてきたのだ。まるで乳房を支えるように。

「ちょっとアッちゃん、なにするのッ⁉」

勢いよく振り返ると、その慌てぶりがよほど面白かったのか、やだママ、と明日香が噴き出した。「もしかして揉みっことか、したことないの？」

「……『揉みっこ』って？」

「おっぱいをモミモミしあうこと。一緒にお風呂に入ったら、みんなやるよ」

本当だろうか、と美緒は訝《いぶか》しんだ。自分が学生の頃、そんないたずらをする友人はいなかった。同期や先輩から、そういった『遊び』が流行《はや》っていたと聞いたこともない。ただ、女子校ならありうる気もした。クラスに女子生徒しかいない、すなわち異性の眼がないだけに奔放になりやすいのではないか、と。

「ママ、ほんの少しだけ」

拝むように甘えられ、美緒はつい強張りを解いてしまった。溜息をつき、しようがないわね、と余裕ぶってみせる。前に向き直ると、やおら乳房を掴まれた。

「ママのおっぱい、ほんとおっきい」

明日香はスポンジを使わず、泡立つ掌でバストを撫で回した。その手つきは遠慮がなく、やたらと技巧的だった。もしかしてレズビアンなのでは、と疑いたくなるくらいに。さりげなく乳首もしごかれた。縁をなぞるように乳輪も。たちまち官能の炎が揺らめき、美緒は唇を引き結んだ。でないと熱い吐息がこぼれてしまう。ふと見やった鏡には、困惑する顔が映っていた。それでいて上気しているのが、なんとも情けなかった。

「ねえママ、サイズはいくつ？」

やわやわと乳房を揉みしだきながら、興味津々に尋ねてきた。声が震えぬよう気遣いつつ、美緒は「九三センチよ」と正直にこたえた。具体的な数字を聞くまで彼女は引き下がらない。そんな予感がしたからだった。

「アッちゃん、ありがとう」

ややあって礼を述べた。感謝するのは的外れのような気もしたが、いまは切り上げさせることが先決だ。すでに乳首がジンジン疼いている。これ以上さすられたら硬く尖り、物笑いの種になりかねなかった。

「じゃあ、今度はママが背中を流して」

案に相違して、明日香はあっさり『揉みっこ』をやめた。美緒はホッと太息を吐き、座り位置を交代した。

「アッちゃんこそ、きれいな肌をしてる」滑らかな背中をスポンジで擦りながら、努めて泰然と声をかけた。「スベスベしていて、たっぷり張りもあって」

「まだ十代だからね」

皮肉っぽく返され、明日香の背筋をツンと突《つつ》いた。砕けた遣り取りに緊張がほぐれる。あわせて度胸もついた。お返しを求められても、そう長くはためらわなかった。

「ママ、あたしのおっぱい、どう？」

「どうって……かわいいわよ、とっても」控えめに乳房をさすりつつ、それにマシュマロみたいに柔らかいし、と言い足した。「たぶん、大学生になったらもっと女っぽくなるんじゃない？　かたちもサイズも」

「ほんと？　ママのみたいになる!?」

鏡越しに問われ、美緒は「ええ」と微笑んでみせた。嬉しい、と破顔する明日香に、かつてない愛おしさをおぼえる。

それから髪を洗い、揃って湯船に浸かった。お湯は腰高に張られていた。ザブザブと湯を掻き分け、明日香が窓辺に立つ。

「ちょっと、見られちゃうんじゃない？」

「平気だって。ママもおいでよ」

無邪気に手招きされ、美緒は『まったくもう』と苦笑した。おおらかな一面がうらやましくもある。首からタオルをかけ、「ねえ見て見て」とはしゃぐ姿がまぶしく映えた。

躰の前をタオルで隠し、明日香と並び立った。そして美しい夕景色を眺めながら、今回の旅行が一生の想い出になることを、あらためて期待した。

3

海岸沿いの松並木を抜けると、寂れたドライブインがあった。手前の駐車場に車を停め、岸田《きしだ》はサイドブレーキをかけた。エアコンを全開にしているのでエンジンは切らない。ウインドウを下げ、助手席に座る菅沼《すがぬま》から双眼鏡を受け取った。

見上げる先、夕陽に染まる山の中腹には瀟洒《しょうしゃ》な家が並んでいた。『温泉付き』がウリの高級別荘の群れだ。家々の間隔は一〇〇メートル以上あり、広大な庭を想像させた。建物自体もかなり大きい。北欧風、和洋折衷、地中海風とデザインは様々だが、小さなものでも六、七〇坪はありそうだった。

双眼鏡を覗《のぞ》き、白亜の洋館に眼を留めた。事前情報のとおり、一階の右側が迫《せ》り出している。そこは展望風呂だと報《しら》されていた。

ズームを最大値に上げ、ガラス窓を窺った。不鮮明ではあるが、かろうじて人影が見える。永瀬明日香と継母の美緒だろう。人影はほの白く、ふたりが裸なのは明白だった。

「カズ、見えた？」

我知らず微笑んでいると、リアシートに座ったエディが声をかけてきた。『カズ』とは岸田のニックネームだ。『和之《かずゆき》』だからカズ。菅沼の場合は、もう少しひねりが利いていた。彼の名は『主税《ちから》』という。その同音語『力』の音読みにかけ、エディたちは『リッキー』と呼んだ。ともに学生時代につけられた愛称ではある。が、三十五歳になったいまも遊び仲間にはそれで通っていた。

「ふたりともスッポンポンだ。下の毛までばっちり見える」

双眼鏡を外し、岸田はこたえた。あとのセリフはもちろん冗談だ。そこまで見えないことはエディも承知しているだろう。にもかかわらず「イイネー」と歓声を張り上げ、隣のボブと揃ってニヤついた。

彼らは昼過ぎ、永瀬母娘と初顔合わせをしている。これからレイプする相手の、とくに美緒夫人のポートレートを目にしたとたん、ぜひ生の姿を見てみたいと熱望してきたのだ。それこそ『遊び道具《おもちゃ》』をねだる子供のように。

正直、みだりに姿を晒すのは得策ではなかった。が、遠くから眺めるだけにしろよ、と釘を刺したうえで、母娘が入った市場へふたりを送り出した。初めて美緒夫人の写真を見たとき、岸田も同じ願望を抱いたからだ。ターゲットをじかに観察したい。スナイパーのごとくそう欲するのは、いわば漁色家の性《さが》だった。

「ボクにも見せてよ」

言うが早いかシートの脇から太い腕が伸びてきた。エディもボブも自らを『僕』と称する。『俺』と言うより、そのほうが日本の女にウケがいいのだそうだ。どことなく愛嬌《あいきょう》が感じられるからだろう。

とはいえ、ふたりの体格は『かわいさ』とは無縁だった。どちらも身長は一九〇センチ台、体重も一二〇キロを超えている。腕っ節もめっぽう強く、エディは横浜のクラブで、ボブは赤坂のカジノバーで、ともに用心棒をしていた。

「あの白い家だ。二階建ての」

永瀬家を指差し、岸田は双眼鏡を渡した。サイドウインドウを下げ、エディが嬉々《きき》と双眼鏡を構える。『覗き』に興奮するのは万国共通のようで、「オゥ」とか「イェイ」と口走るたびに白い歯をこぼした。双眼鏡を奪い取ったボブもしかり。忙《せわ》しなくピントを調節しては、しきりに舌舐めずりしていた。

そんなふたりに一瞥《いちべつ》をくれ、菅沼が「サバナにして正解だったな」と苦笑った。

岸田はBMWの530iと、いま乗っているGMC・サバナの二台を所有している。サバナを選んだのは、ひとえにスペースが広いからだった。巨漢ふたりと同乗しても狭苦しさは感じさせない。さすがはアメ車、規格がアメリカンサイズであることを再認識した。

「いちおう眼を通してくれ、もう一度」

傍らからコピー紙の束を摑み、菅沼に渡した。依頼主のリクエストをもとに、岸田が練り上げた『凌辱《りようじよく》計画書』だ。内容は大きく、タイムスケジュールと役割に分けられた。そのため脚本のような構成になっている。あらかじめセリフを指定した箇所もあった。いわゆるキモの部分だ。前回、四人で逢ったとき、エディたちにも口頭でレクチャーしていた。

「後ろの連中にも再確認させるか」

一通り読み終えると、計画書を片手に菅沼が訊いた。やはり彼とはウマが合う。

菅沼とは十代からのつきあいだった。同じ大学の医学部に通い、ともにスケコマシということもあって、すぐに気心が知れた仲となった。一緒に抱いた女も数知れない。すなわち『穴兄弟』でもあるわけで、3P、4Pに挑んだことも幾多とあった。

その後、岸田は産婦人科の道を選び、現在は〈岸田総合病院・世田谷病棟〉に籍を置いている。名称が示すとおり、勤務先の経営者は岸田の父だった。したがって、岸田は『オーナー院長の息子』ということになる。

だが、前途洋々かといえば『否』とこたえるしかなかった。岸田は実の子ではないからだ。父は子宝に恵まれず、岸田を養子に迎え入れた。ところが二年後、渇望した男児を授かることになる。その時点で岸田の行く末は決まったようなものだった。

実際、弟の誕生を機に周囲の接し方が一変している。とりわけ両親の愛情は、その大半が弟に注がれた。傍目《はため》には公平であっても、当人にしかわからない隔たりがあった。

とはいえ、皮肉な巡り合わせを呪ったことはない。嫡男でなくなった分、気ままに生きていこう。そう心に念じ、事実そうしてきた。

専門を選ぶ際もしかり。女好きの自分には天職だろう。産婦人科に決めた理由は、そんな単純なものだった。ただし、この選択には多少の復讐心も含まれる。

父は『外科医こそ医療人のトップ』と信じて疑わない外科至上主義者だった。よって、岸田が『産婦人科医になる』と告げるや、卒倒せんばかりに眼を剝いた。繰り返し翻意を促しもした。それでも拒絶されると「おまえは岸田家の面汚しだ」と喚き立てた。そんな父を見て、岸田は大いに溜飲を下げた。もっとも、それが遠因となって父からしっぺ返しを喰らうことになるのだが……。

岸田総合病院は八王子に本棟がある。つまり世田谷のほうは分院で、病床・人員数ともに歴然たる開きがあった。一般企業と同じく『本棟が格上』との見方も根強い。

だからといって卑下したり、嫉妬したことはない。むしろ、煙たく煩わしい存在がいないことを心から喜んだ。

その一方で『院長の息子』という強みはとことん利用した。そして力を得るに従い、狙い定めた看護師を次々と堕《お》としていった。培ったセックステクニックを駆使して。

籠絡した看護師たちは、ゆくゆくＶＩＰ患者にあてがう計画だった。その準備も着々と進めている。なにより悪友・菅沼とふたたび組めたことが大きかった。

菅沼は優秀な心臓外科医で、医局のホープと目されていた。しかし手癖の悪さは直らず、挙句セクハラ騒ぎを起こし、放逐の末に世田谷病棟へ流れ着いたのだった。

女で出世をフイにしても、菅沼はまったく懲りていなかった。そんな彼に、岸田は計画の一部始終を打ち明けた。案の定、彼は躊躇《ちゅうちょ》なく「俺もやる」と協力を誓った。

それから事は一気に進んだ。看護師だけでは限界があると、やがて外部にも魔手を伸ばした。今回と同じく、ときにはレイプにも及んだ。結果、目標まであと五人となった。その中には美緒夫人もカウントされている。

岸田の眼に狂いがなければ、美緒夫人には『牝奴隷』の資質が備わっていた。たとえ読み違いだとしても、彼女が辿《たど》る運命は変わらない。

——これからますます面白くなる。

菅沼の流暢《りゅうちょう》な英語を背に、岸田は永瀬家の別荘を見上げた。距離があり、陽も暮れだしたので、肉眼では人影をとらえることはできない。だが、眇《すが》めた岸田の眼には、屈辱と羞恥にまみれ、身悶える美緒夫人の姿がくっきりと見えた。

4

間もなく夕食を終えようかというときだった。ふいにチャイムが鳴った。

窓の外はすでに暗くなっている。こんな時間になんだろうと訝りつつ、美緒はナイフとフォークを置いた。

「あ、ママいいよ」快活に言い、明日香が立ち上がった。「あたしが出るから」

リビングの入口にはインターホンがある。彼女は「はい」「そうです」と相槌《あいづち》を打ち、受話器を置いた。笑顔を振り向け、宅配屋さんだった、と美緒に告げる。

「お父さんがなんか送ってきたみたい」

ボールペンを手に、明日香がリビングを出ていった。ややあって、ドアの隙間《すきま》から話し声が漏れてくる。だがドスンという物音がしたのを最後に、しんと静まり返った。

――なんかあったのかしら？

誤って荷物を落としたなら『キャッ』とか『すみません』といった慌てた声があるはずだ。美緒は不審に思い、椅子から腰を上げた。

が、テーブルを廻った直後、ビクリと足が止まった。

ドアが開き、廊下から現れた明日香は羽交い締めにされていた。それだけではない。喉元にはナイフが突きつけられている。

「アッちゃん！」

口を衝いた叫びに、明日香が「ママぁ」と悲痛に顔を歪《ゆが》めた。彼女を人質に取っているのは青い覆面をした男だった。その後ろにはもうひとり、赤い覆面をした男がいる。

ブルブル慄えながら、美緒は『押し込み強盗だ』と瞬時に悟った。半ばパニックに陥ってはいるが、ひとかけら冷静さが残っている。

侵入者はふたりとも作業服姿だった。色違いの覆面は顔の上半分のみを隠し、デザイン的にはマスクと称したほうが近い。場違いにも、昔観た『怪傑ゾロ』とだぶった。

「おかしな真似はするなよ」

ナイフを握った青マスクに命じられ、美緒はその場に立ち尽くした。もとより力業《ちからわざ》に出るつもりは毛頭ない。後先考えずに突進していったところで、難なく捩《ね》じ伏せられてしまうのが目に見えていた。

明日香の喉にナイフを当てたまま、侵入者たちがリビングに踏み込んできた。美緒との間合いが三メートルくらいに縮まる。蒼褪《あおざ》めた唇をわななかせ、対峙《たいじ》する明日香が「ママ」と縋《すが》る声をこぼした。

「アッちゃん」美緒も涙声を返し、潤む眼を侵入者に移した。「お金ならあるだけさしあげます。ですからその子は――」

切々と解放を求めると、明日香の横に赤マスクが並び、手持ちはいくらあるのか問うた。美緒は「だいたい三十万円です」と概算でこたえ、ここにあるものは好きなだけ持っていってかまわないと続けた。

「なんだったら、表のベンツも――」

「せっかくだけど車はいらない。すぐに足がついちまうからね」拒む理由を言い足し、赤マスクは、それはそうと、と唇をやわらげた。「このまま睨《にら》みあっていても埒《らち》が明かないから、そこのソファでゆっくり話そう」

まるで飲みに誘うような口ぶりだった。この男たちは何者なのか。ナイフを持ち出しているが、ただの荒くれ者ではなさそうだ。言葉遣いも乱暴ではなく、知的な匂いすら感じさせた。だがむろん、気を許しはしない。反面、諦《あきら》めも込み上げた。なにしろ明日香の命が脅《おびや》かされているのだ。活路を見出《みいだ》すためにも、いまは従うしかなかった。

わかりました、と美緒はつぶやき、懇願する眼差《まなざ》しを侵入者たちに流した。「その代わり、手荒なことはしないでください」

「逃げようとしたり、逆らったりしなけりゃ、それなりに扱う」

赤マスクは言い、手に提げていたキャンバス地のバッグを足下に置いた。しゃがんでチャックを開き、中から筒状のものを掴み出してゆく。よく見ると、それは黒革のバンド——革枷《かせ》だった。ベルトのほかに金属製のリングが取りつけられている。カーペットに並べられた革枷は、全部で八個あった。

「おとなしくしていろよ」

明日香の喉を反り返らせ、青マスクが刃を当て直した。明日香は「ひッ」と叫び、抱き竦められた躰を凍りつかせた。間髪入れず、赤マスクの手が彼女の腕に伸びる。

無造作に明日香の掌を摑むと、赤マスクは細い手首に革枷を巻きはじめた。息詰まる静寂のなか、バックルを留めるカチャカチャという音だけがリビングにこだます。

左腕に続き、右の手首にも革枷が嵌《は》められた。その手際は鮮やかで、時間にしてトータル一分もかからなかった。

「腕をまっすぐ上げて気をつけをしろ」

怯《おび》える明日香に赤マスクが命じ、カーゴパンツの腰ポケットから金属製のリングを取り出した。細長く扁平したそれは、カラビナ形のフックだった。黒いシリンダーの部分はダイヤル式のロックらしい。

赤マスクは革枷のリングに鉤《かぎ》状のフックをくぐらせ、おずおずと掲げられた明日香の腕をしっかり繋《つな》ぎ留めた。さながら手錠をかけるように。

両手の自由を奪われ、明日香が「あぁ」と絶望の声をこぼした。なにもしてやれない申し訳なさに、美緒も「アッちゃん」と喉を震わせた。

そんなふたりをよそに拘束はなおも続いた。明日香の足下に片膝をつき、赤マスクは足首にも革枷を巻きつけた。そして引き寄せたバッグから長さ五〇センチ前後のチェーンを掴み、手首と同様、革枷のリングと連結した。

「さて、ひとり片付いた」立ち上がった赤マスクが勝ち誇るようにつぶやき、青マスクに目配せした。「こちらのお嬢さんをエスコートしてさしあげて」

おどけた物言いに、青マスクも「ああ」とニヤついた。汗ばむ顎の下からナイフを外し、トン、と背中を小突いて明日香の躰を横向きにさせる。明日香は洟を啜り、チェーンを鳴らして歩きだした。途中、ベソをかいて見つめてきたが、憐れむ以外になにもできず、美緒は下唇を噛んだ。

「次はあんたの番だ」

赤マスクの声に、サッと正面を向いた。こっちへ来い、と命じられ、カーペットに置かれたバッグの傍らへ移動した。すかさず両手に革枷が巻かれる。硬質な肌ざわりに先行きの不安が煽られ、美緒はつい「わたしたちをどうするつもりです？」と問いかけた。

「ふたりとも素直でいることだ。命が惜しけりゃな」

ポケットから取り出したフックを手に、赤マスクが告げた。冷たい輝きを眼の端でとらえつつ、美緒は「絶対に反抗はしません」と切実に訴えた。

「このまま出ていってくれたら、警察にだって――」

「そのセリフを鵜呑《うの》みにするほど、俺らはお人好しじゃないよ」

嘲笑《ちょうしょう》まじりに言い、美緒の腕を腰の後ろに引いた。革枷のリングにフックを通し、逆側の腕も摑み取る。たちまちロックがかけられ、美緒は後ろ手に拘束された。あッと悲鳴をしぶかせ、反射的に引っ張ったものの、両腕を繋ぐ革枷はビクともしなかった。

「こんな罪人みたいに……」

明日香とは異なる、より恥辱的な扱いに、思わず不平が口を衝いた。それにかまわず赤マスクがしゃがみ込む。ジャラジャラというチェーンの音に、悔し涙が滲んだ眼は自然と足下へ落ちた。

　バッグの中には、ドス黒く変色した麻縄やスチール製のパイプ、そして長さ三〇センチ以上もある巨大な注射器がしまわれていた。

　——どうして注射器なんて⁉

　使用目的はまったく見当がつかない。それだけに恐怖心がいや増した。身をもって教えてやる。そう脅されるのが怖くて、尋ねる気すら起きなかった。

「さあ、ソファへ行くんだ」

　美緒の両足に革枷を嵌め、さらにチェーンで連結すると、有無を言わせぬ口調で赤マスクが命じた。ひとたび俯《うつむ》いた美緒は、強張《こわば》る足を踏み出した。

　歩み寄るソファには、明日香と青マスクが向かいあわせで座っていた。スペースを広くするためだろう、センターテーブルは端にどかされている。顔を伏せ、身を縮めた明日香とは対照的に、背凭《せもた》れにふんぞり返った青マスクは、ひらひらとナイフを閃《ひらめ》かせていた。

「ママ……」

「アッちゃん……」

　横並びで座らせられると、どちらともなく躰を寄せあった。クーラーは適温であるにもかかわらず、肌にふれる明日香の肩はひどく冷たい。慄えもはっきり伝わってきた。あるいは美緒のおののきと溶けあって倍化しているのかもしれない。そんな怯えぶりを愉しむように、向かいに座った男たちが遠慮なく見つめてきた。

入浴後、美緒はフォークロア風のノースリーブワンピースに着替えていた。明日香もキャミソールにホットパンツと、きわめて開放的な恰好をしている。ともに露出度が高いだけに、舐めるような視線がよりおぞましく感じられた。

「どうしてこんな目に……」

美緒の肩に明日香が顔をうずめた。美緒は「大丈夫」と努めてやさしく囁き返した。

――この子はわたしが守らなくては。

胸の裡でつぶやくと、わずかながらも勇気が湧いてきた。

美緒はキャビンアテンダントの新人時代、防犯訓練を受けている。プログラムの中にはハイジャックに遭遇したときの対処法なども含まれていた。目の前にいる男たちはテロリストとは違う。だが自分がやるべきこと、すなわち『平常心を保つ』『相手を刺激しない』『人命を最優先する』といった基本事項に変わりはない。

明日香の身に危害が及ばないようにする――。それがこの場における最重要課題だった。そのためにどんな打開策があるのか、いますぐには思いつかない。ただ、いかなる難題を突きつけられても、彼女だけは守り抜くつもりだった。

——たとえ我が身が犠牲になろうとも……。

美緒はまっすぐ男たちを見つめた。そして可能なかぎり要求には従うと約束した。

「ですから乱暴するのだけは——」

「さっきも言ったように、俺らの命令に『ハイハイ』と応えていりゃ、滅多なことはしない」赤マスクが淡々と告げた。「逆に、妙な真似をしたら容赦なく制裁する」

冷ややかな脅しに、美緒は「なんでも言うこと聞きます」と消え入るように誓った。

「だったらまず、自己紹介してもらおうか。ひとりずつ」

「せっかくだから下着姿でやらせようぜ」

青マスクの提案に、赤マスクは「そうだな」とニヤついた。対して美緒は愕然《がくぜん》とした。

「なんで服を脱ぐ必要があるんです⁉」

「ひとつは眼の保養ってやつだ」青マスクが口角をくつろげた。「もうひとつは、いわば保険だな。逃亡を防ぐための。下着姿でいりゃ、そうそう人前には出られんだろ？」

美緒はクッと歯噛みした。理不尽にすぎる要求だが、拒否する術《すべ》はない。

「ふたりとも立つんだ」

にべもなく赤マスクが命じた。美緒は「アッちゃん、言うとおりにしましょう」と声をかけ、先立って腰を上げた。間を置かず明日香があとに続く。

「そうやって素直でいるのが一番だ」

満足げに笑い、赤マスクが目の前に立った。明日香のもとへは青マスクが寄る。

「じっとしていろよ」

にわかに笑みを払い、赤マスクがナイフを掲げた。青マスクが手にするものとはタイプが異なるが、いかにも斬れそうな形状をしている。照明の光に白刃が閃くと、我知らず擦れた悲鳴がほとばしった。

「怪我したくなかったら動くな」

美緒はぎこちなく首肯した。「いやッ」「やめてッ」と声では抗ったものの、明日香もほとんど身じろぎしなかった。

男たちは刃物の扱いに慣れていた。いたぶる挙措でいながら、無駄なく衣服を切り裂いてゆく。ふたりが下着姿にさせられるのに、さほど時間はかからなかった。

「よし、そのまま突っ立ってろ」

すっかり衣服を剝ぎ取ると、男たちは向かいのソファに戻った。足下にはボロ布《きれ》と化したワンピースやキャミソールが散らばっている。並び立つ明日香と眼があい、ともに悔し涙をあふれさせた。

──こんな辱めを受けるなんて……。

いっそ舌を噛み切りたいと思う。その一方で、自己犠牲の念が再度もたげた。

「奥さん、あんた途方もなくエロい躰をしているな」無遠慮に美緒を眺め回し、赤マスクが感嘆した。「メロンみたいなおっぱいといい、悩ましげな腰回りといい、青年マンガに登場するセクシーヒロインみたいだ」

「外国のポルノ女優ともだぶるな。美巨乳系で、八頭身の」

男たちは好き勝手にコメントしあった。むろん、そんな褒め方をされても、ちっとも嬉しくない。女の矜持《きょうじ》を守るべく、美緒は無表情に聞き流した。

「それに比べて『アッちゃん』は八分咲きってとこか」

「顔立ちも、美人というより『かわいい』って感じだしな。けど、あと何年かしたら相当グラマーになるとみたね。それこそ隣の『ママ』みたいに」

からかいを含んだ感想は、明日香にも浴びせられた。だが、怒りに身を震わせこそすれ、彼女もまた声を荒らげたりはしなかった。

「さて、それじゃ自己紹介してもらおうか」ナイフの刃で掌を叩きつつ、赤マスクが言った。「最初は『ママ』からだ。まず名前と年齢を言え。名前はフルネームでな」

「……永瀬、美緒……年齢は、二十八歳です」

「ミオとは、どんな字を当てる？」

「美しいに鼻緒の『緒』です」

「麗しい若奥さまにはお似合いの名前だな」

赤マスクの弁は白々しく聞こえた。姓名はもとより、永瀬家に関する情報は余さず把握しているように想う。宅配業者を装った以上、行きずりの犯行でないことは確かだった。

「お次はスリーサイズといこうか」

嘲笑まじりに告げられ、美緒は眼を瞠った。握り締めた拳がブルブルとわななく。だが、ここでもやはり反駁はできなかった。

「……上から九三……五九……八八です……」

粘つく視線から顔を背け、どうにか述べ上げると、込み上げる羞恥にふと眩暈《めまい》がした。そこへ仮借ない追い討ちがかかる。

「ブラのサイズはいくつだ？」

「……H……カップです」

まさに外人並みだな、と青マスクが笑った。赤マスクも朗らかに口笛を吹く。

「美緒夫人と『アッちゃん』の関係は？　年齢からして、実の親子ってことはないよな」

「彼女は……主人の、連れ子です……」

「なぜ子持ちと結婚した？　しかもこんな大きな娘がいる。──やっぱ財産目当てか」

「違います！　わたしは主人のことを──」

愛してます、と続けようとして口を噤《つぐ》んだ。こんな卑劣な輩《やから》にそこまで教える義理はない。からかうことが目的だったのか、赤マスクも突っ込んではこなかった。

「じゃあ、今度は『アッちゃん』の番だ。名前と年齢は？」

勝気な性格が息を吹き返したらしく、明日香は不貞腐《ふてくさ》れた声で質問にこたえた。生意気だと激昂されはしないかハラハラしたが、苦笑した男たちに立ち上がる気配はなかった。

「十七歳ってことは、高校何年生だ？」

「……三年」

「その調子でスリーサイズも教えてくれよ」

明日香は鼻を鳴らし、上から、と悔しげに吐き捨てた。「……バスト八三……ウエスト五六……ヒップは……知らない……」

「まあ、見た感じ八一、二ってとこかな」

明日香の下半身を眺め回し、赤マスクが推測した。それで『自己紹介』は終わった。お返しに自分たちもニックネームを教えるという。そのほうが便利だろうから、と。

正直、呼び名など知りたくなかった。それだけ関わりを深めることになるからだ。しかしそれぞれ渾名《あだな》を口にした。

美緒の心中を忖度《そんたく》する様子もなく、赤マスクは『カズ』、青マスクは『リッキー』と、それぞれ渾名《あだな》を口にした。


「さて、お次はフルヌードといこうか」

仕切り直しとばかりに、カズが手を叩いた。阿吽《あうん》の呼吸でリッキーが立ち上がる。美緒は「そんな――」と驚愕に眼を剝いた。

「約束が違います、乱暴はしないって――」

「こんなのは乱暴するうちに入らないよ」余裕を湛《たた》えてカズが言い放った。「そもそも当然の成り行きってもんだろ？　下着姿の次に全裸になるってのは」

「約束ってことなら、そっちこそ約束してるしな。『なんでも言うことを聞く』って」

「でも、だからって――」

詭弁《きべん》を弄《ろう》され、美緒は反論に詰まった。それを尻目に、リッキーの腕が明日香に伸びた。

「いやッ！　裸になるのはいやッ!!」

左右に身を捩り、明日香が叫んだ。美緒も「おねがい！」「ゆるして！」と必死に懇願した。しかし二の腕を摑むリッキーの手は緩まない。あまつさえ残忍に笑い、まずはブラを切ってやる、と胸元にナイフを向けた。

「やめてぇッ！」

美緒は咄嗟《とっさ》に体当たりした。肩で息をしながら、たたらを踏んだリッキーと、笑みを浮かべたカズを交互に見た。涙に霞んだ眼で。

「どうかこの子には、手を出さないでください……その代わり……」

「その代わり、なんだ？」

「……わたしが……わたしが、あなた方の……おもちゃに、なります……」

語尾を震わせ、美緒はガクリと項垂《うなだ》れた。これしか道はないと、身投げする想いで口にした哀訴だった。胸を衝く惨めさに、堪えきれず涙がこぼれる。

「明日香の分まで、美緒夫人が愉しませてくれるというのか？　俺たちふたりを」

念を押すカズの声に、美緒は泣き顔を上向けた。「……そうです」

「言っておくが、ストリップするくらいじゃすまないぞ」

「……それも、わかっています……」

だったら願いを聞き容《い》れてやる、とカズは居丈高に応じた。「ただし、俺らを満足させられなかったときは、その責任を明日香に負わせる。いいな？」

そう確認されたところで返事はひとつしかない。

──あなた、ごめんなさい。わたしは、地獄に堕ちます……。

愛する浩利に心の中で詫び、美緒は「はい」と泣く泣くうなずいた。

「なら、まずヌードを披露してもらおう」

目の前にリッキーが移動し、ブラジャーの肩紐《かたひも》に指をかけた。動くな、と一喝され、美緒はおののきを抑えた。相前後してプツリと音がする。切断された肩紐がバストを滑り、思わず喉を鳴らした。しかしリッキーは意に介さず、反対側の肩紐も無造作に断ち切った。

「さあ、いよいよご開帳だ」

嘲《あざけ》る声音でリッキーが言い、上向けた刃をカップの間に挿し入れた。ナイフが傾くにつれ、じわじわと裂け目が拡がってゆく。そしてついに——。

「ああッ、いやあああッ！」

左右にカップが弾け、美緒は悲鳴を噴き放った。儚《はかな》い覚悟など瞬時に潰《つい》え、「おねがい！見ないで！」と火照った顔を打ち振るった。が、前髪を摑まれ、さらには「明日香も同じ目に遭わせるぞ」と脅され、ひとしきり噎《むせ》び泣くことしか許されなかった。

「ちゃんとまっすぐ立て」

リッキーに命じられ、美緒はしゃくり上げながら背筋を伸ばした。それにあわせてナイフが腰へ下る。ショーツを摘んだリッキーは、両サイドをゆっくり切り裂いた。支えを失い、捩りあわせた太腿にショーツが垂れる。しかし「明日香がいることを忘れるなよ」と事前に脅されていたので、直立不動でいるよう指示されても、泣き喚いたり、羞恥に身を揉んだりはしなかった。

「すさまじくセクシーだね、丸裸になった美緒夫人は」

ブラジャーと同様、リッキーの手でショーツが毟り取られると、前屈みになったカズが感じ入ったように評した。躰は正面に向けろと命じられている分、いや、と悲嘆した美緒は真横に顔を背けた。

「さすがはHカップ、乳首や乳輪も大きめじゃないか」

中腰になったリッキーに指摘され、美緒は首を捻ったままイヤイヤをした。人知れずコンプレックスを抱いているだけに、消え入りたい想いはひとしおだった。

「羞じらう姿もグッとくるね」

「陰毛がまた柔らかそうで、つつましい人妻にはぴったりだ」

男たちの揶揄《やゆ》はその後もしばらく続いた。それすなわち、後ろ手に拘束された裸身を眼で犯されることにほかならなかった。

「オードブルは満喫したんで、そろそろメインディッシュといこうか」天井を指差し、カズが腰を上げた。「寝室は二階だろ？」

「……そうです」

美緒は小声で返事した。ついに貞操を失うときが——。そう想うと腰が引け、晒された素肌がいやおうなく慄えた。

5

二階には寝室が五つある。広さは一二畳から一四畳とだいたい一緒だが、どんな来客にも対応できるよう、ベッドタイプが分かれていた。明日香たちが押し込められたのは、階段に近いダブルの部屋だった。

ベッドのほかに、部屋にはテレビと二人掛けのテーブルが並んでいる。もともと明日香が使う予定だったので、椅子の上にはバッグが置いてあった。

「これはどっちのだ？」

バッグをテーブルに載せ、カズが訊いた。明日香は「あたしの」とぶっきらぼうにこたえ、せめてもの意趣返しに鋭く睨みつけた。しかしカズは歯牙《しが》にもかけず、チャックを開けて中身をあらためだした。

「こいつは預かっておく」

最初に携帯を見つけ、カズが作業服のポケットにしまった。これでもう助けは呼べない。勝ち誇った眼がそう語っていた。

次に摑み出したのは財布だった。お気に入りのアナスイの財布だ。

お札の枚数を数え、カズが「へえー」と驚きの声を上げた。「高校生のくせに随分とお金持ちだ。六万も入ってる」

「甘やかしすぎだな。バッグや財布だってブランド物《もん》だし」

軽蔑まじりに非難され、明日香は「別にいいじゃない」と怒りの矛先をリッキーに移した。

「ちゃんとお小遣いで買ったんだから」

「世の中には身の程ってもんがある」

「あたしに説教するつもり⁉　薄汚い犯罪者のくせに」

「ちょっとアッちゃん――」

制止する声に、ハッと後ろを振り返った。美しいヌード姿をもじつかせ、ママがオロオロしていた。明日香はつい激昂してしまったことを詫びた。

お金には目もくれず、その後も検分は続いた。カットソー、ワンピース、ポーチ、ブラジャー、ショーツ……。明日香の持ち物が次々とカーペットへ放り投げられてゆく。

「ついでに風呂場とかも覗いておこう」

バッグを調べ尽くすと、明日香たちを一瞥してカズが言った。ああ、とリッキーが応じ、並んで廊下に出てゆく。

それから束の間、ドアの外でガサゴソ音がした。が、ふいに静かになり、じきに人の気配が消え失《う》せた。

明日香は忍び足でドアへ寄り、レバーを押し下げた。しかし一センチも動かない。たぶんロープかなにかで固定してあるのだろう。

「アッちゃん、どう？」

カーテンの陰から表を窺いつつ、ママが訊いた。明日香はかぶりを振り、ビクともしないことを伝えた。彼女は「そう」と溜息まじりに言い、ふたたび外を眺めやった。

「あいつら出ていった？」

「ううん。ただ、ここから助けを呼べないかと思って」

「無理だよ」ママの隣に並び、明日香は断じた。「お隣まで一〇〇メートル以上あるし、だいいち灯りがついてないじゃない」

「だったら、飛び下りるっていうのは？」

「それも無理。この下コンクリだもん、こんなカッコで飛び下りたら大怪我しちゃう」

脱出の可能性が潰え、ママが肩を落とした。後ろ手に拘束された裸身がブルブル慄えだす。先行きへの恐怖がぶり返してきたのだろう。

カーペットに転がったポーチを拾い、明日香は筒状のケースを摑み出した。キャップを開け、中身のタブレット――殺精子剤を掌に載せる。

「ママ。さっきママは、あたしのことを庇《かば》ってくれたよね」窓辺に戻り、俯くママに話しかけた。「だから今度は、あたしがママを守ってあげる」

「……守るって、どうやって？」

小首を傾げるママに、指先で摘んだタブレットを掲げてみせた。

「それは？」

「簡単に言うと、精子を殺すクスリ」

努めてサラリと口にした。対してママは眼を剝いた。

「ということは、アッちゃん、あなた――」

明日香は「うん」と控えめに首肯した。「あたし、高二のときに捨てちゃったんだ。ごめんね、ビックリさせちゃって。でも、いまどきの女子高生はみんな、この手のクスリを持ち歩いているよ」

最後にそう言い足したが、ママはなおも啞然《あぜん》としていた。別にかまわない。理解など求めていないし、説き伏せる時間もなかった。

「そんなことよりママ、あいつらたぶんケダモノだよ。どんなに嫌がったって、泣いて頼んだって、きっとやりたい放題にやる」

遠回しに『中出しレイプ』を示唆した。ママもすぐさま得心したらしい。そんな、と怯えをあらわに絶句し、グラマラスな肢体をわななかせた。

「本来はゴムと併用するんだけど……」

残念ながらコンドームは持ち合わせていないことを告げた。

「それ、どうやって使うの？」

「あそこに入れるの。指で奥のほうまで」

「じゃあ一粒ちょうだい」

言うやママが腰を捻った。そして後ろ手に拘束された掌を上に向けた。同じ女として気持ちは痛いほどわかる。だが、性器まで指を届かせることは不可能だった。

「自分じゃできないよ、手が後ろにあったら」諦めを促すべく、明日香は硬い顔を左右させた。「代わりにあたしが入れてあげる」

「だったら……先にやって」

「ううん、ママが先。あいつらがまず襲おうとしているのはママだもん」

どちらがより危機に瀕しているのか指摘すると、ようやくママがうなずいた。「どうしたらいい？」

「そこへ上がって」明日香はベッドを指差した。「で、あたしのほうにお尻を向けて」

「……俯《うつぶ》せの恰好で？」

そう、と明日香はこたえ、もじつくママを急《せ》かした。「ぐずぐずしてたら、あいつらが戻ってきちゃう」

その一言が決め手となり、ママはぎこちなくベッドへ上がった。膝立ちの姿勢から躰を折り、上体を伏せてゆく。やがてシーツに顎がつき、縊れた腰が反り返った。

明日香はゴクリと生唾を呑んだ。状況を忘れて思わず見惚れてしまうほど、ヒップをなよつかせる姿はとても妖艶だった。

「おねがいだからジロジロ見ないで」

「うん、わかった」

言下に返事したものの、行動がともなわなかった。とりわけ陰部を凝視してしまう。

――これが、ママのあそこ……。

ふたたび喉が鳴った。ママくらいの美人でも、目《ま》の当たりにする性器はグロテスクに映えた。なによりかたちが卑猥だ。よく貝に譬《たと》えられるが、ひっそり口を閉じるさまは、まさに二枚貝といった感があった。ただし色的には美しい。厚ぼったいラビアも、合わせ目から覗くクリトリスも、つやのあるピンク色をしていた。ふさふさした飾り毛もいたって上品だ。

それはお尻の穴にもいえた。淡いラベンダー色をした肉の窄まりは、排泄器官とは思えないほどきれいだった。

「……アッちゃん、どうしたの？」

訝しげな問いにハッと我に返った。頬に被さるロングヘアの先から、ママがおずおずと成り行きを見守っている。明日香は「ごめんなさい」と慌てて詫び、うまくクスリが摘めなくて、とそれらしく弁解した。

「じゃあ、入れるね」

滑らかなヒップに手を添え、躰の力を抜くよう命じた。ママは「はい」と恥ずかしげな返事をよこし、ゆっくり深呼吸をした。明日香はヒクつく割れ目をあらためて見やり、摘んだタブレットを秘孔にあてがった。

「ああッ――」

おもむろにタブレットを押し込むと、真っ白い肌がサッと粟立《あわだ》った。生々しい呻きにあわせ、掲げられたヒップが小刻みにうねる。かまわず指に力を込めた。しかし第一関節より先へは進まない。引っかかる感触があり、力を抜くと押し戻されてしまうのだ。

それも当然だった。恐怖と緊張から、ママのヴァギナは乾いている。そこで、挿入する角度を変えてみたり、半ば強引に突き入れたり、いろいろ試してみた。が――。

「アッちゃん、もう少しやさしく――」

いたずらに痛がらせる以外、結果は同じだった。

明日香は一旦タブレットを引き抜いた。

「ママ、濡れてないから入らないよ。ほんの二、三センチしか」

「そんなこと言われても……」

肩越しに振り返ったママは、困惑げに柳眉《りゅうび》をたわめた。その顔はすでに真っ赤だった。

「ママはその恰好でいてくれたらいいよ。あたしが舐めてあげるから」

「そんな!?　だってわたしたち――」

ママの眼が驚愕に見開かれた。彼女はたぶん、こう言おうとしたのだろう。

だってわたしたち、血は繋がっていなくても親子なのよ、と。

そんなことは百も承知だった。なぜこの期《ご》に及んで体裁を重んじるのか。

「あたしだって本当はしたくないよ！」明日香は叫んだ。自然と涙声になった。「でも、そうするしか方法がないじゃない。ママを救うには、そうするしか……」

シーツに顔を戻し、ママは「ごめんね」ともらい泣きした。「こんなみっともない姿でいるのに、常識ぶったりして」

「もういいよ」明日香はぐいと涙を拭《ぬぐ》った。「それより、なるたけリラックスしていて」

わかった、とママは言い、羞恥を捨て去るように脱力した。

明日香はカーペットに跪《ひざまず》いた。晒された性器がちょうど真正面にくる。ラビアの両側に指を添え、そっと左右にくつろげた。「ああ」と羞じらい、ママがヒップをくねらせる。

「じゃあ、舐めるね」

覚悟を促し、ママの性器に口を寄せた。押し開いたヴァギナは薄紅色をしていた。やはり見た目はいやらしい。女の匂いもプンと香った。ただし臭くはない。どちらかというと、ふくよかな感じがした。

ひとつ息を入れ、ヴァギナの入口に舌を這わせた。とたんにママが「ああッ」と叫ぶ。躰もガクガク震えた。片や明日香は落ち着いていた。思ったより平気だ。

舌を尖らせ、秘孔に挿し入れてみた。粘膜を舐め回すうち、少しずつ気後れが薄れてゆく。入れ替わりに度胸がついた。

舌先に唾を集め、何度か抜き挿しすると、ママが「あッ」「くッ」と呻きだした。どうやら感じてきたらしい。甘い喘ぎを励みに、伸ばした舌でラビアをなぞった。唇で肉襞を挟み、舌先でチロチロこねくりもした。

「いやッ、そこはッ――」

満を持してクリトリスを含むと、ママはあからさまに悶えはじめた。明日香もつい夢中になった。彼女のクリトリスは自分のそれより遥かに大きい。かたちも丸っこく、舌で転がすごとに膨れていった。

「ママ、指を入れてみるね」

半ば恍惚と告げ、明日香は人差し指を挿入した。最前とは異なり、根元までぬるりと沈んでゆく。すっかり潤ったヴァギナは、バターを塗ったように熱くとろけていた。それでいてウネウネと締めつけてくる。やおら抜き挿しを開始すると、艶めかしい叫びがスプリングの軋《きし》みに被さった。「あッ」「あッ」とママが喘ぐたび、指を包む内粘膜が妖《あや》しくうごめいた。

「ぼちぼち大丈夫みたい」

頃合いをみて、ヴァギナから指を引き抜いた。振り返ったママが「おねがい」と荒息まじりに懇願する。明日香はタブレットを摘み、濡れ光る秘孔に押し当てた。が——。

これまでの努力もむなしく、挿入することは叶《かな》わなかった。

＊　　＊

「こいつはすごい！」

いきなり男の声がした。驚いて顔を振り向けると、戸口にカズとリッキーが立っていた。

「いやあああッ！」

美緒はシーツから転がり起き、咄嗟に壁際へ逃げた。隣に明日香が寄り添ってくる。耳許で「ママ」と名を呼ばれたが、返事はできなかった。腰の裏で両手を戒められているので、抱き締めてもやれない。いま自分たちにできるのは、ニヤつく眼から顔を逸らし、小さく身を縮めることだけだった。

「おまえらそういう関係だったのか」

ふたたび嘲笑が浴びせられた。ハッと男たちを見やり、美緒は『違います』と反駁しようとした。しかし言葉にならない。代わりにかぶりを振った。

「せっかくだから続けろよ、最後まで」

「ふたりとも夢中だったもんな、ドアが開いても『アンアン』喘ぎまくって」

なおもせせら笑い、男たちが部屋に入ってきた。美緒は上目遣いに正面を窺った。

ふたりは作業服を脱ぎ、ボクサーパンツ一枚になっていた。洒落《しゃれ》のつもりか、カズが臙脂《えんじ》、リッキーが濃紺と、下着とマスクの色がコーディネートされている。ともに筋肉質な躰をしており、背丈も一七五センチから一八〇センチとほぼ一緒だった。目立った違いは髪型くらいか。カズは若干ロングで、襟足とサイドの毛がマスク越しに伸びていた。対してリッキーは、いくらか短めだった。

「さて、お待ち兼ねのメインディッシュだ」

演技っぽくカズが告げ、手に提げたカーキ色のバッグを窓辺の椅子に置いた。例の、麻縄や正体不明の注射器を入れた綿地のバッグだ。中からデジタルビデオカメラを取り出した彼は、ファインダー画面をオープンにした。

「そのビデオカメラは――」

見覚えのあるフォルムに、美緒はつい疑問符をこぼした。そうだよ、と事もなげにカズがうなずく。奥の寝室で見つけたのだ、と。

「こいつは美緒夫人のものか」

電源を入れ、カズが訊いた。それにはこたえず、生唾を呑んだ美緒は「なにをするつもりです？」と声を上擦らせた。

「なにって、もちろん撮るのさ。すてきなアバンチュールの記念に」

あとの揶揄は耳を素通りした。にわかに躰が慄えだす。それこそ瘧のように。

「いやです！　そんなの絶対にいやッ!!　後生ですから、撮影するのだけは――」

美緒は涙声で哀訴した。恥も外聞もなく縋る眼を投げかけた。だが、返ってきたのは「駄目だね」という、にべもない一言だった。

「美緒夫人はさっき誓ったはずだ。俺らの命令には決して逆らわないと」

「でも、こんな仕打ちは……ビデオに撮るなんて、ひどすぎます」

「どう思われようが、俺らはやりたいようにやる。だから諦めて、おとなしく従いな。さもないと、そいつも道連れにするぜ」

美緒は泣き顔を左右させた。明日香を駆け引きに使われたら、もう抗えはしない。

「でしたらせめて、彼女をよそに……」

喉を震わせ、いまいちど縋りついた。凌辱される姿など娘には見られたくない。母として、女として、そう願うのは当然だった。が、切なる声は「それも聞けない」と退けられた。

「逃げられたら困るし、明日香にはビデオを撮ってもらわないと」

「いやよッ、なんであたしが!?」

愕然と眼を瞠る横で、明日香が吐き捨てるように拒んだ。すると、ベッドに歩み寄ったリッキーが、彼女の髪を鷲摑んで無理やり立ち上がらせた。

「痛いッ！　なにすんのよッ！」

「生意気な小娘に、立場ってもんをわからせてやる」

残忍に嗤《わら》い、リッキーが膝蹴りを見舞った。明日香は「ゲフッ」と呻き、躰をくの字にしてカーペットに頽《くずお》れた。その頭をリッキーが踏みつけ、いちいち文句つけやがって、と罵声《ばせい》を浴びせかける。

「やめてください！」美緒は叫び、喘ぐ明日香に覆い被さった。「乱暴なことはしないって約束でしょう！」

「それは素直にしていたらの話だ。これで懲りなければ、何度でも痛めつける」

「……あなた方は、どこまで……」

嗚咽《おえつ》が込み上げ、睨みつける眼がじんわり潤んだ。しかし、泣けば泣くほど惨めになる。そのまま号泣するのだけは、どうにか堪えた。

「ママ、あたし……」

起き上がった明日香も悔し涙を浮かべていた。その面持ちに母性が揺さぶられる。

――いまは我慢しましょう。

眼差しに想いを込め、「わたしは平気だから」と微笑んでみせた。

「よし、ふたりとも覚悟はできたようだな」頃合いをみてカズが言い、明日香を呼びつけた。

「おまえはこのへんでビデオを構えろ」

指示に従い、フロアの真ん中に明日香がしゃがむと、カズが「ほれ」とビデオカメラを突き出した。彼女は憮然《ぶぜん》と受け取り、下唇を噛んで俯いた。

相前後して男たちがパンツを脱いだ。自ずと股間に眼がいき、美緒はサッと顔を背けた。ふたりのペニスは浅黒く、すでに屹立する兆しを見せていた。

「まずはおしゃぶりだ。そこに跪け」

羞恥を捩じ伏せ、美緒はベッドの手前に正座した。すかさず全裸の男ふたりに左右を挟まれる。眼のやり場を失い、正面を向くと、憐れむ明日香の顔があった。

「アッちゃん、おねがいだから見ないで」

頬を火照らせ、思わず懇願した。明日香は「うん」と首を捻ってうなずいた。と、頭の上から高笑いが降ってきた。

「そっぽを向いて、どうやって撮る？」

「わざとミスりやがったら、おまえから先に突っ込んでやる」

嘲笑と恫喝《どうかつ》を浴び、明日香は泣く泣く顔を戻した。それでもファインダーに向けた視線は逸らし気味だった。美緒は『ありがとう』と胸の裡で感謝した。死にまさる辱めのなか、彼女のやさしさだけが救いとなった。

「よし、撮影をはじめろ」

カズの声に、明日香がビデオカメラを構えた。ほどなく録画ランプが点灯する。

——いよいよ、これから地獄に……。

美緒は俯き、肩を震わせた。なぜわたしがこんな目に。残酷な運命を呪いもした。しかし、悲嘆していられたのは寸時のことだった。腰を屈《かが》めたカズに、レンズに向かって挨拶するよう命じられたのだ。それだけでも屈辱きわまりないのに、耳に吹き込まれた前口上が女のプライドをさらに打ち砕いた。

「じゃあ、それっぽく頭を下げてみろ。三つ指をつくつもりで」

カズを睨み、血を吐く想いで腰を折った。恥辱に苛まれながら、声がかかるまで身を伏せた。その間、いっそ心が麻痺してほしいと願った。

「よし、ご挨拶をしろ」

クッと歯噛みし、美緒は口を開いた。「……わたくし、永瀬美緒は、み、淫《みだ》らな人妻です……これから、どこの誰ともわからない男たちの……あ、あそこを――」

「なにが『あそこ』だ、『チンポ』と言え」

「……チ、チンポを――」

「横着するな、最初からだ」冷淡に命じ、カズが乳房を蹴りつけた。「いいか、口ごもったり、勝手にアレンジしたら、何度でもやり直しさせる。それが嫌だったら、ハキハキした声で、教えたとおりに喋れ」

そう言われても、おいそれと従えはしなかった。美緒はつっかえ、涙ぐみ、そのたびに初めから言い直しをさせられた。

「……わたくし、永瀬美緒は、淫らな人妻です。これから、どこの誰ともわからない男たちの……チンポを、め、牝犬のように、ペロペロおしゃぶりいたします……」

「ま、このへんでオーケーにしてやるよ」

五回ほど言い直しをさせられた末、ようやく許しが出た。美緒は平伏したまま、ポロポロ涙をこぼした。しかし、男たちはどこまでも容赦がなかった。

「ご挨拶がすんだら、次はお披露目だろ」

後ろ髪をリッキーに摑まれ、無理やり躰を起こされた。美緒は「もういやッ」と身を揺すったが、それに対するこたえは平手打ちだった。あらかさまな暴力に、呆気《あっけ》なく心が挫《くじ》ける。抵抗心が消え去ると、胸裡は諦め一色に染まった。

「さあ、はじめるんだ」

冷淡に告げ、カズが腰を突き出した。間髪入れず、逆側からリッキーが迫る。泣き濡れた美緒の顔は、たちまちペニスに挟まれた。

——アッちゃん、わたしを軽蔑しないで。

美緒は眼を閉じ、慄える舌でカリ首を舐めた。一瞬、ペニス全体がビクンと跳ねる。それでつい怖《お》じ気《け》づいていると、カズが「どうした？」と続きを催促した。

ためらいを排し、美緒はチュッ、チュッと唇を押し当てた。ともすれば吐き気がする。それでも『こうするより仕方がない』と、先端から根元まで舌を這わせた。

じきにペニスが鎌首をもたげた。表皮に血管が走り、赤剝けたエラが毒蛇のごとく張り出す。さらに愛撫を施すと、屹立する角度が臍を叩く勢いを示した。が――。

「美緒夫人、あんた下手っぴだね」

頭の上から吐きつけられたのは、肉体の変化とは正反対の言葉だった。思わず眼を上向けると、見下ろすカズが「技術的には高校生以下だ」と苦笑まじりに断じた。

「旦那さんは、こんなんで満足してるのか」

「主人のことは、言わないでください」

美緒は俯き、消え入る声で訴えた。と、リッキーの手が頭に伸び、今度はこっちだ、と無造作に振り向かされた。

――たとえ拙くても死ぬ気でやるしかない。

そう心に念じ、ふたたび口奉仕をはじめた。カズの揶揄が耳にこびりつき、ペニスを舐める舌遣いはいきおい激しくなる。やがてリッキーのそれも雄々しく反った。しかし、彼もまた不満げな声をよこした。

「ただ舐めるだけで面白味がない」

「すこぶるつきの美人だから、勃《た》つには勃つんだがな」

追従したカズは、こっちを向け、と美緒の頭に手をかけた。息を整えつつ、美緒はそそり立つペニスと対峙した。ここでうろたえたら、ますますふたりを喜ばすことになる。そう思い、あえて眼は逸らさなかった。

「美緒夫人、チンポを咥えたこと、あまりないだろ？　貞淑なのはいいが、食わず嫌いはいけないいな。チンポは頬張ってこそ価値がわかるってもんだ。――よし、口を開けろ」

ひとたび瞑目《めいもく》し、美緒は命令に従った。すかさず両手で頭を抱えられる。

「歯を立てたら、また痛い目に遭わすぞ」

かすかにうなずいた直後、火照ったペニスに唇を割られた。美緒は眼を剝き、咄嗟に顔を振り立てた。だが、射込まれたペニスは吐き出せない。小鼻を膨らませ、「ムグッ」「ンフッ」と無様《ぶざま》に呻くばかりだった。

「いいか、歯を立てるなよ」

恫喝するように念を押し、カズが頭を揺すりだした。言語を絶する辱めに、わななく目尻から熱い涙がこぼれ落ちた。

――こんなのひどい。女をモノ扱いして。

胸を衝く惨めさに、美緒は噎び泣いた。それにかまわず抜き挿しするペースが上がってゆく。いずれ円運動も加わった。

「美緒夫人、こういうおしゃぶりは『イラマチオ』っていうんだ。普通のフェラチオとの違いは――口で説明するより、躰に覚え込ませたほうが早いな」

ひとり合点したカズは、美緒の頭を力任せに引き寄せた。いきおい野太いペニスで喉を塞がれ、美緒はカッと眦《まなじり》を裂いた。ショックと息苦しさで頭の中が真っ白になる。

「無理やり突っ込まれた気分はどうだ？」

嘲る声で尋ねると、カズは獰猛《どうもう》かつリズミカルに美緒の頭をストロークさせた。その動きに愛情などかけらもない。最奥までペニスが射込まれるたび、美緒の喉はグゲッ、ズチュッと不気味な音を立てた。

――やめてッ！　いやッ！　苦しいッ！

抱えられた頭をブルブル慄わせ、美緒は泣き呻いた。後ろ手に結ばれた掌をきつく握り締めた。と、ふいにペニスが引き抜かれた。

カズの手が頭から離れ、美緒は躰を伏せた。ごほごほ噎《む》せるのにあわせ、粘つく唾液が糸を引いて滴る。波打つ背中は丸まり、そのまま横へ倒れそうになった。が、息つくいとまは与えられなかった。

肩を摑んだリッキーに躰を起こされ、強引にペニスを咥えさせられた。彼はカズ以上のサディストだった。涙をボロボロこぼしても、くぐもった叫びに身悶えても、いっさい手加減はしてくれなかった。むしろ泣けば泣くほど、嫌がれば嫌がるほど、凶器と化したペニスで深々と抉《えぐ》ってきた。

それからというもの、美緒の口は繰り返し責め嬲られた。未知の快楽を教えてやる。居丈高にうそぶいたふたりに、発狂せんばかりの拷問——彼らが称するところの『イラマチオ』を休みなく強いられた。

半ば気を失いかけた頃、カズが「そろそろイキそうだ」と終局を伝えた。すぐあとに「俺もだ」と興奮の声が被さる。

これでやっと楽に……。そう思ったのも束の間、ギョッと眼を剝いた。美緒の頭を前後させつつ、カズが腰を使いだしたのだ。

——まさか口の中に射精しようというの⁉

それは、愛する夫にさえ許したことがない行為だった。ましてや暴漢が放つ精液など、汚《けが》らわしい排泄物でしかない。

——いやですッ！　そんなの絶対にいやッ！　それだけはゆるしてッ‼

心の中で泣き喚き、美緒は必死に暴れた。顔を振り立て、疲弊した躰を右に左に捩った。だが、どんなにもがいても髪を摑むカズの手は外れない。

「おい、吐き出すんじゃないぞ」絶望感が込み上げるなか、中腰になったリッキーが脅しつけてきた。「たとえ吐き出せたとしても、這いつくばって啜らせる。連帯責任として明日香にもな。それでもいいのか」

横目でリッキーを見やり、美緒はイヤイヤをした。その拍子に、大粒の涙が頬を伝い落ちた。それは、屈服のしるしでもあった。

「よしッ、出すぞッ！」

荒息まじりに叫び、カズの腰遣いが凶暴さを増した。両手で抱えられた頭もガンガン揺すられる。もはや逃げる術はないと、美緒はすっと脱力した。

「喰らえ！」

声高にカズが吼《ほ》え、抉り込まれたペニスが膨らむように爆《は》ぜた。ドロリと喉を灼《や》かれ、美緒は「んむううぅ」と生臭く呻いた。ほとばしった精液は、信じられないくらい大量だった。しかも恐ろしく苦い。

――とうとう、口の中に……。

ペニスを咥えたまま、美緒は噎び泣いた。そこへ追い討ちの声がかかる。

「尿道に残ったザーメンも吸い取れ」

湧き上がる諦念《ていねん》に押し流され、美緒は盲目的に従った。強張る舌を絡め、苦い残滓《ざんし》を啜り取ると、ぬるりとペニスが引き抜かれた。

「もう一本あるぜ」

入れ替わりにリッキーが捻じ入れてきた。美緒の頭を摑むや、彼は一方的に快楽を貪《むさぼ》った。

そして「たっぷり出してやる」と雄叫《おたけ》び、汚濁が満ちる口内に新たな精を注ぎ込んだ。指示に逆らわず、最後の一滴まで吸い尽くすと「顔を上げろ」と命じらた。口の中に精液を溜めたまま、美緒は静かに上を向いた。相前後して、カズが背後に屈み込む。

「よし、飲め」

最後にこう命じられることは、口の中に射精された時点でほとんど覚悟していた。しかし女の理性が受けつけず、いざとなると気後れとおぞましさが先立った。

と、カズの手が首にかかり、両側から絞めつけてきた。頸《けい》動脈を圧迫され、にわかに眼がくらみだす。薄れゆく意識のなか、ふたたび「飲め」と命じられた。美緒は身投げする想いでゴクリと嚥下《えんか》した。直後、視界がぐにゃりと歪み、暗黒の闇が訪れた。

6

バッグの小物入れからウェットティッシュを取り出し、岸田はペニスを拭った。ひんやりした湿り気に、張り詰めた芯が徐々に萎《な》えてゆく。俺にもくれ、と手を掲げた菅沼にパッケージごと放り、足下のパンツを拾い上げた。手早く穿《は》きつつ、壁に凭れた明日香を窺う。本物のレイプを目の当たりにしただけに、表情はどこか虚《うつ》ろだった。

明日香の正面へ行き、岸田は「立てるか」と声をかけた。返事はせず、彼女がよろりと立ち上がる。その手からビデオカメラを摑み、菅沼を振り返った。

「明日香をよそへ移してくれ」

「奥の部屋でいいか」

ああ、と岸田はうなずき、一旦ビデオカメラの電源をオフにした。

ふたりが寝室を出ていくと、カーペットに倒れた美緒夫人をしばし眺めた。つやめくロングヘアを頰にまとい、後ろ手に戒められた躰をぐったり横たえるさまは、息を呑むほど凄艶《せいえん》だった。ザーメンを飲んだ嫌悪感か、悩ましげな顔をしているのもいい。眼を凝らせば、唇の周りに白い残滓がぬめ光り、射精時の興奮を甦らせた。

が、いつまでも見惚れているわけにはいかなかった。頸動脈を圧迫して気絶させてはいるが、このままでは短時間で目を覚ましてしまう。岸田はバッグを探り、薬書大のガーゼと茶色いガラス瓶を左右に持った。

ガラス瓶には液状の麻酔薬が入っている。美緒夫人の頭を抱え起こすと、麻酔薬を染み込ませたガーゼで鼻と口を塞いだ。

瞬間、彼女の眉間《みけん》に浅い縦皺が刻まれた。しかし一度も眼を開けることなく、さらなる眠りへと落ちていった。

――これでお膳立てはすんだ。

岸田はひとり微笑み、昏睡する夫人の腕からカラビナ形のフックを外した。足首を繋ぐチェーンも両端がダイヤル錠になっている。番号はフックと統一していた。左から6・2・5と数字をあわせ、ロックを解除する。『625』とは岸田の誕生日――六月二十五日にちなんだナンバーだった。

夫人の裸身を抱え上げ、ベッドに寝かせると、岸田はガーゼを手に部屋を出た。用いた麻酔薬は揮発性のため、放置しておくのは好ましくない。酩酊《めいてい》させるほどの危険性はないにしても、念を入れるに越したことはなかった。

二階の洗面所は階段の横にある。ゴミ箱にガーゼを捨て、石鹸で手を洗っていると、水音を聞きつけたらしく、廊下の突き当たりから菅沼が出てきた。

「お眠《ねむ》になられたか？　奥さまは」

タオルで手を拭きながら、岸田は「ああ」と首肯した。「明日香はどうだ？」

「ベッドで横になってる。相当ショックだったみたいで」

「所詮は高校生だからな、いくら気が強くたって」虚ろげな顔を思い出しつつ、岸田は言った。「それはさておき、今夜の主役に電話してくれるか？　きっと待ち侘びているはずだ。自慢のデカマラをおっ勃てて」

エディたちはサバナで待機していた。人目につかぬよう、永瀬家の前で岸田と菅沼を降ろしたあと、別荘地の外に移動させている。とはいえ一キロと離れておらず、すぐに飛んでくる手筈になっていた。

わかった、と笑う菅沼と別れ、岸田は寝室に戻った。エディたちを待つ間、窓を開けて一服つけた。換気を兼ねているので、クーラーは全開にしてある。

タバコが半分になったとき、敷地沿いの一本道をヘッドライトの光芒《こうぼう》が切り裂いた。放射状の光はかなりのスピードで迫ってくる。ハンドル捌《さば》きも乱雑で、ドライバーの心理状態を如実に表していた。エディたちの脳内は、いまや性欲一色に染まっているに違いない。思わず苦笑しつつ、岸田は窓を閉めた。

計画をレクチャーした際、二階の寝室が凌辱現場になることは彼らにも話してある。いちいち出迎えるのは面倒なので、玄関の鍵も開けておいた。タバコを始末した岸田は、階段口でふたりを待った。

じきに玄関ドアが開かれ、慌しくシューズを脱ぐ音が二階に届いた。間を置かず階段を踏み鳴らす音が続く。ふたりの足音は重厚で、また傍若無人だった。

「カズ、待ちくたびれちゃったよ」

階段を上りきり、エディがおどけた調子でぼやいた。ボブも肩を竦める。素顔を隠すべく、ふたりはともにサングラスをしていた。岸田は「悪かったな」と笑顔で詫び、美緒夫人がいる寝室へいざなった。

とたんに「ワオ！」という歓声が相次いでほとばしった。エディが「こんなキレイなハダカ、見たことないよ！」と感激すれば、ボブも「すごいね！　ボクたまらないよ！」と我先にベッドへ近づいた。その間に、岸田はビデオカメラを手にした。

ベッドの両サイドに分かれたふたりは、揃ってタンクトップを脱いだ。彼らの裸はこれまでにも何度か目にしているが、鍛え抜かれたボディは相変わらず迫力がある。分厚い胸板には縮れ毛が密生し、それがまた野性味を感じさせた。

「カズ、もうオッケーなの？」

眼下に横たわる夫人とアングルを調整する岸田を交互に見ながら、エディが確認した。岸田は「いいよ」とこたえ、ただし菅沼とふたりで口内射精したことを教えた。男なら誰しもザーメンなど口にしたくない。エディは顔をしかめ、「じゃあ、キスは今度ね」と嘆息した。彼の向かいで、ボブも残念そうにかぶりを振った。

その代わり、ふたりはバストに狙いを定めた。カーペットに跪き、巨大な手で乳房を縊り上げた。競うように揉みしだき、色づく蕾をベロベロ舐めしゃぶる。

ふたりの愛撫は執拗だった。しかし『おっぱいフェチ』とは違う。見た目も揉み心地もこのうえなく、つい夢中になっているのだ。いわゆる『巨乳』の女はあまたいるが、仰向けになっても型崩れしない、これほど完璧なバストには、そうそう出逢えはしない。

乳首もおいしそうだった。なにより指先大なのがいい。本人はそれを気にしているようだが、Ｈカップには適正サイズといえる。乳輪もぷっくらして色っぽかった。この手の乳輪は、感じだすと充血して膨れる。その盛り上がりようがやたらと卑猥なのだ。かたちとは対照的に、楚々《そそ》とした桜色をしているのも好ましかった。

意識はなくてもエクスタシーは感じる。そのことを証明するように、吸いつき舌で転がされた乳首はピンと屹立した。縦に尖り、赤みを増した佇《たたず》まいは、さらなる刺激を求めているかのようだ。いきおいエディたちも興に乗り、しこる乳首をこねくりながら肩、首筋、脇腹へと唇を這わせた。

「あまり強く吸うなよ」

競うようにキスしまくるのを見て、岸田は釘を刺した。今夜のレイプは本人に気取《けど》られてはならない。キスマークを残すなど論外だ。それでつい口を挟んだのだが、そのへんはエディたちも心得ていた。

「オーケイ、オーケイ」

照れまじりに了承するや、ふたりの口づけは一転してソフトになった。とはいえ柔肌をなぞる舌遣いは衰えない。キスが控えめになった分、まぶしつける唾液の量が増え、グラマラスな裸身はヌラヌラと穢《けが》れていった。

足の指までしゃぶり尽くすと、ふたりは短パンごとブリーフを脱いだ。体格にたがわずフアインダーでとらえる二本のペニスはとてつもなく大きい。まだ半勃ち状態にもかかわらず、長さは二〇センチ、胴回りも五、六センチはあった。これがフルに勃起すると、いわば子供の腕くらいにもなる。

岸田はベッドへ寄り、「まるで肉のバットだ」と巨根ぶりを褒めそやした。エディらもニッと歯を剝き、ペニスの根元を摑んで得意げに揺すった。

「入れる前にたっぷり濡らしつけてくれよ」

「オマンコ、壊れちゃうからね」

エディは嗤い、美緒夫人の躰を横向きにした。ふたたびカーペットに跪き、彼女の膝を左右に割り開く。俗に言う『M字開脚』のポーズとなり、秘めやかな陰部がレンズに晒された。

「オクサンのビラビラ、美しいね！」

夫人の股間に顔を寄せ、エディが感嘆した。岸田も同感だった。乳首に劣らず、性器もピンク色をしている。ただし陰唇は厚めで、なよやかに閉じあわさるさまは、まさに『下の口』と称するにふさわしかった。

「アナルもきれいだな」

肛門にピントをあわせ、それこそフラワーのようだと笑いかけると、小鼻をヒクつかせたエディが「匂いもエクセレント」とにんまりした。「クリットもかわいいね。ボク、オクサンのオマンコ、とても気に入った」

言うや、会陰からクリトリスにかけ、ベロリと舐め上げた。相前後して、夫人の顎をボブが鷲摑む。頰に指を食い込ませ、無理やり口をこじ開けると、彼女の喉を反り返らせて野太いペニスを突き入れた。

夫人の背丈は、目測したところ一六五センチ以上ある。日本人女性としては、だいぶ長身のほうだ。しかし、巨漢ふたりにカエルのような恰好でいたぶられる姿は、いたいけな少女のように映じられた。

それでも肉体を弄ばれるうち、夫人のヴァギナは潤いだした。エディは滴る愛液を中指にまぶし、ぬめ光る秘孔に挿し入れた。やおら抽送をはじめる。

逆側の手を飾り毛に絡ませ、剝き上げたクリトリスに吸いつきもした。口に含むにつれ、つややかな尖りが丸くしこってゆく。そのかたちは見るからにいやらしく、立てた指でヴァギナを搔き毟りながら、エディは憑かれたように舌で転がした。

負けじとボブも腰遣いを速めた。ときおり「ファック」とか「シット」と口走っては、そそり立つペニスを荒々しく突き立てた。といっても、巨大すぎて夫人の口には三分の一も入らなかったが。

「カズ、準備オッケーね」

やがてエディが顔を振り向けた。ヴァギナから引き抜いた指は、オイルを塗ったようにテラテラ輝いていた。下腹部に眼を転じると、彼のペニスも準備万端だった。ペッティングしている間、抜かりなくオナニーしていたからだ。長さはいまや三〇センチに迫り、太さも二割くらいアップしていた。

「それじゃボク、入れるよ」

前置きしたエディは、美緒夫人の太腿をシーツに押しつけた。濡れそぼるラビアを亀頭でなぞり、ゆっくり腰を沈めてゆく。その様子をビデオに収めながら、岸田は生唾を呑んだ。ひしゃげた性器はいつ裂けてもおかしくない。黒いペニスと白の柔肌とのコントラストが、込み上げる昂ぶりに拍車をかけた。

規格外のペニスに射貫かれた拡張感はいかほどなのか。夫人の表情を窺うと、たわんだ眉根に苦悶の色が萌《きざ》していた。

「ここでストップね」

苦笑したエディが、おもむろにストロークを開始した。抜き差しされるペニスは、半分しかヴァギナに入らない。それがかえって凌辱の色合いを強めた。

「カズ、ローションある？」

あるよ、と岸田はこたえ、バッグから取り出したポリ容器をボブに渡した。キャップを開けたボブは、たわわな乳房にトロリと滴らせた。掌で塗り拡げ、嬉々としてパイズリをはじめる。毒蛇のようなペニスに美しいバストが蹂躙《じゅうりん》される、その痛ましくも妖しげな光景に、岸田の胸も熱く疼いた。

ひとしきり女体を堪能すると、ふたりは場所をチェンジした。ボブが野獣のごとき腰遣いでヴァギナを縫い上げれば、エディは棍棒のようなペニスで口と乳房をしゃにむに犯し、ともに卑猥なスラングを吐き連ねた。

何度かポジション変更したのち、ふたりは揃って射精が近いことを報せた。互いに目配せしあい、ボブがベッドに仰向《あおむ》けになる。美緒夫人の躰をエディが抱き上げ、ボブの下半身に覆い被せると、とどめとばかりにバックで貫いた。彼のストロークを利用して、ボブもパイズリに興じる。変形的なサンドイッチに遭い、背後から腰を掴まれた夫人の躰はユサユサ前後した。じきに律動が激しくなり、ベッドが高らかに軋んだ。

「出すよッ！」

一声叫ぶや、エディの背中がグンと仰け反った。限界までペニスを捻じ入れ、二度、三度と胴震いする。ややあって恍惚とした溜息がこぼれた。張り詰めていた筋肉もにわかに弛緩する。が、エディはペニスを引き抜かず、美緒夫人の躰を前へ押しやった。その意図を察し、岸田は口角をくつろげた。

果たして、エディと入れ替わりにボブが刺し貫いた。ふたりの連係はスピーディーで、エディが放ったザーメンは一滴残らずヴァギナに押し留められた。ヒップを鷲摑んだボブが下からペニスを繰り出しはじめる。夫人の陰部はもうドロドロだった。そこへ追い討ちをかけるようにボブの精が注ぎ込まれた。口汚い罵声にあわせてビクン、ビクンと脈打ちながら。

「フゥー、気持ちよかった」

夫人の躰をシーツに転がし、ボブが起き上がった。一足先に役目を終えたエディも、背中あわせでベッドに腰掛けている。ふたりの肌はしっとり汗ばみ、乱れた吐息とともに牡の匂いを発散させていた。岸田は「ナイスな画《え》が撮れた」と労をねぎらい、録画を切り上げた。

「次はいつオマンコできる？　オクサンと」

拾った衣服を身につけると、心待ち顔でエディが訊いた。タンクトップを着終えたボブも期待たっぷりに見つめてくる。岸田は「早ければ二カ月後だ」とこたえ、いくらか落胆したふたりに下でビールでも飲んでいるよう指示した。

仕事の関係上、エディらは今夜中に帰らなければならない。このあと菅沼が三島駅まで送る予定になっていた。

　ふたりと廊下で別れ、菅沼に経過を報せると、岸田はひとり美緒夫人のもとへ戻った。

　ベッドに横たわる彼女は、しどけなく手足を投げ出していた。月並みな表現だが、意思の通わない躰は『糸の切れた操り人形』のように見える。バッグから大型のスポイトを取り出し、岸田はベッドへ寄った。革枷が巻かれた夫人の足首を摑み、大きく割り開く。

　蛍光灯の光のもと、あからさまに晒された陰部は、泡立つ蜜でべっとりしていた。繊細なる飾り毛も、いまは穢れて痛々しい。その下に息づく性器はもっと悲惨だった。ラビアは赤剝け、秘孔はドロリと白濁している。黒人ふたりの射精量もすさまじかった。逆流したザーメンは会陰からシーツへ這い伝わり、雪白のヒップに粘っこくまとわりついていた。

　──こいつは孕《はら》んだな。

　スポイトの先端をヴァギナにあてがい、岸田はニヤリと嗤った。依頼主からの情報によると、美緒夫人は今日明日が危険日、すなわち排卵日だという。これだけ『中出し』されたら、母体になんらかの問題がないかぎり、まず間違いなく妊娠するものと想われた。

　スポイトの液溜まりがいっぱいになると、岸田はウェットティッシュで残りのザーメンを拭った。寝ている間にレイプされたことを悟られぬよう、パイズリに用いたローションも丹念に拭き取る。あとは間を置き、携帯ビデで膣内を洗浄するだけだった。

スポイトの先端にキャップを被せ、バッグにしまうと、岸田は窓を開けてタバコを喫《す》った。見上げる夜空には星がまたたいている。順調な滑り出しに、紫煙を吹かす口許は我知らずほころんでいた。

7

ぼんやり目を覚ますと、まぶしい光に瞳を射貫かれた。美緒は顔をしかめ、何度かまばたきした。そのうち視界がはっきりしだす。まず初めに映ったのは、窓の先に広がる青空だった。眠っている間に朝を迎えたらしい。室内がしんと静まるなか、遠くで鳴く蟬の声が耳朶《じだ》にこだました。

美緒はゆっくり起き上がった。そしてカーペットで寝ていたことに気づいた。異変はそれだけではなかった。なんと素っ裸にさせられていた。

——そうだ、昨日、暴漢に襲われて……。

記憶が甦るにつれ、おぞましい凌辱シーンが目まぐるしく脳裏をよぎった。美緒はブルブル慄え、乳房の下で躰を抱き締めた。

そこでまた気づかされた。もはや逃亡しないと踏んだのか、後ろ手の拘束が解かれていた。

ただし革枷は巻かれたままだ。チェーンは外されていたが、足首も同様だった。

心が凍る一方、蒸し暑さをおぼえた。タイマーが切れたのだろう、エアコンは止まっていた。ガラス窓は閉じており、ムッとする熱気が部屋中にこもっている。漂白剤のような、怪しい臭気もかすかに嗅ぎ取れた。

——あのふたりは……出ていったの？

部屋の中に暴漢の姿はなかった。ふと後ろを顧みて、美緒はハッと息を呑んだ。ダブルベッドの真ん中に、明日香が横たわっていた。

「アッちゃん！」

ベッドに飛び乗り、美緒は甲高く呼びかけた。しかし明日香は反応を示さない。まさか、と総身をおののかせ、彼女の胸に耳を押し当てた。息詰まる緊張のなか、トクン、トクン、という規則正しいリズムが聞こえる。

美緒はホッと安堵《あんど》した。が、耳を離すなり、ふたたび眼を瞠った。

見下ろす明日香も全裸に剝かれていた。フックとチェーンが外され、革枷のみ嵌められているところも一緒だった。

——どうしてアッちゃんまで？

彼女の下着はベッドの横に落ちていた。しかも無惨に切り裂かれた状態で。それはなにを意味するのか。思案するまでもない。

明日香はレイプされたのだ。自分が気を失っている間に。

自ずと下腹部に眼がいった。くつろいだ内股はねっとりテラついている。生臭い臭いからして、それが精液であるのは疑いない。

——ひどい……中で出すなんて。

儚げな裸身に眼を這わせつつ、美緒は悔し涙をあふれさせた。卑劣な強姦魔を憎み、腑甲斐ない自分を責め、ひとしきり噎び泣いた。

と、心の叫びが届いたように、眉をたわめた明日香が「んんッ」と唸った。

「アッちゃん！　しっかりしてッ！」

躙《にじ》り寄った美緒は「アッちゃん」「アッちゃん」と連呼した。カールした睫毛がピクつき、おもむろに開かれる。

ぼやけた視線をさまよわせ、美緒に眼を留めると、明日香は「ママ」と擦れた声をよこした。そのか細いつぶやきに、目頭がまた熱くなった。

抱え起こした明日香のショートヘアに、美緒は「ごめんね……」「ごめんね……」と頬擦りした。その間、彼女はされるがままだった。

——高校生をここまでボロボロにして。

明日香を抱き締めつつ、胸に湧く激情に身を焦がした。

すると、いきなりドアが開かれ、振り向いた先に憎悪の相手が現れた。

「なんだ、またレズってたのか」

入室するなりリッキーが嘲った。彼のあとにカズが続く。前夜と同じく、ふたりはマスクと同色のパンツ姿だった。しかし美緒はたじろがない。あまつさえ怒りを吐きつけた。

「なぜこの子に手を出したんです！」

「朝っぱらからご立腹ですか。おしとやかな若奥さまらしくもない」

揶揄にはつきあわず、美緒はふたりを睨《ね》めつけた。「あれほど約束したのに！」

「確かにしたよ」あっさりカズが認め、けど、と言い足した。「あれは条件付きだったはずだ。『明日香の分まで愉しませる』という。――美緒夫人、あんたまさか、フェラチオくらいで満足するとでも思ったのか」

「そ、それは……」

「俺らだって、だいぶ待ったんだぜ」

なあ、と同意を求められ、カズが首肯した。「でも、美緒夫人はお目覚めにならなかった。ほっぺたを叩いても、そのナイスバディを揺さぶっても、いっこうに」

「それはあなたが――」

「なんだ？　俺が悪いってのか？　俺がなにをした？」

「……わたしの首を、絞めたでしょう？」

「ザーメンを飲ませるためにな」

今度もカズは否定しなかった。けど、と続けたのも同じだった。

「そんなにきつく絞めたか？　朝まで眠りこけるほど」

「仮に全力でも、普通、一時間もしたら目を覚ますぜ」追い討ちをかけるようにリッキーが断じた。「なのに延々と起きなかったのは、我が身かわいさに逃げたってことだ」

そんな、と反駁したものの、あとの言葉が出てこなかった。美緒自身、不思議でならなかったのだ。なぜ朝まで目覚めなかったのだろう、と——。ともあれ、自分のせいで明日香が苦しんだことは事実だった。

「しかし、あそこまで『爆睡』できるもんかね」勝ち誇ったリッキーが意地悪そうに嗤った。

「すぐ横で娘が泣き叫んでんのに、ピクリともしないなんて」

自責の念を煽られ、美緒は恐る恐る明日香を窺った。だが、抱き支える彼女は、相変わらず無表情だった。

「ザーメンをぶちまけるときなんか、それこそ大絶叫だったんだぜ」したり顔でリッキーが続けた。「めちゃくちゃ暴れまくって、『中はいやァ～』『外に出してェ～』なんて、かわいく喚きやがってな」

そのときの光景がまざまざと浮かんだ。おどけるリッキーを睨みつける一方、美緒は後悔に苛まれた。避妊の手を施すとき、やはり明日香を優先すべきだったのだ。なのに自分ばかり手間をかけさせてしまって。挙句、ふたりともクスリを挿入できなかった。それを想うとまた涙があふれる。

とはいえ、一番悪いのは、もちろん目の前にいる男たちだ。指先で目尻を拭った美緒は、あなた方はケダモノです、とふたりを罵った。

「俺らがケダモノなら、娘を見捨てた奥さんは、さしずめ『ひとでなし』だな」

「わたしは彼女を――」

「まあ美緒夫人、落ち着いて」胸元に両手を掲げ、カズが反論を遮った。「啀《いが》みあいはそのへんにして、シャワーでも浴びにいこう。そんなに肌がベタついてちゃ、美緒夫人だって気持ち悪いだろ？」

悔しいがカズの言うとおりだった。加えていやな臭いもする。ここは明日香のためでもあると、美緒は「はい」と小声でこたえた。

「じゃあ立つんだ、ふたりとも。ぐずぐずしてたら旦那さんと鉢合わせしちまう」

意外な弁で急かされ、美緒は怪訝《けげん》な眼を向けた。するとカズが「親父さん、昼過ぎに来るんだよな？」と、ベッドを甓る明日香に問うた。それで悟った。ふたりを追い払うべく、彼女はニセの情報を与えたのだ。

実際は、新幹線に乗った浩利を三島駅まで迎えにいく予定だった。仕事終わりが夕方だから、ここへ到着するのは早くても九時頃になる。だがそれを真正直に告げれば、長居されるのが目に見えていた。

――こんなに傷つけられたというのに……。

よろめく明日香を支えつつ、美緒は『よく機転を利かせられたものだ』と感心した。それに比べ、いいように弄ばれる自分がひどく情けなかった。

「反撃しようなんて考えるなよ」

カズに先導され、美緒と明日香は一階へ下りた。リッキーに背中を小突かれながら、重い足取りで脱衣所へ廻る。全裸のふたりに脱ぐものなどないが、手足には革枷が巻かれていた。

それでつい「これは？」と尋ねると、濡らしたって叱らない、と男たちが哄笑《こうしょう》した。

仕方なく革枷をつけたままガラス戸を開いた。朝の光に満ちた展望風呂は、見るからに清々しかった。湯気の先に駿河湾が広がり、その青さが眼にまぶしい。

だが、どれほど美しくあってもときめかなかった。むしろ穢れた我が身に想いが巡り、心は重く塞いだ。

──本当なら、すばらしい旅行になるはずだったのに……。

胸の裡で独りごちると、ふいに目頭が熱くなった。自ずと肩もわななきだす。しかし涕泣《ていきゅう》するのはどうにか堪え、明日香と並んでシャワーを浴びた。

「ほら、タオルだ」

　泡立つボディソープを洗い流し、揃ってシャワーを止めると、後ろからカズが声をかけてきた。美緒は躰を回し、おずおずと手を差し出した。しかしカズは「美緒夫人はそのままでいい」とニヤつき、濡れそぼっているほうがセクシーだからと続けた。

タオルを渡された明日香も、肘から先しか拭くことが許されなかった。その理由はすぐに判明した。タオルと交換に、奪われたビデオカメラが突き出されたのだ。おまえにはまた撮影をしてもらう、と。

明日香は「いや」とかぶりを振った。拒否した声は、気の毒なくらい弱々しかった。俯く立ち姿も未だ生気に乏しい。そんな彼女に笑顔を投げ、「やらなければ昨日みたいに『中出し』するよ」とリッキーが脅した。

面持ちとは裏腹に、彼のセリフは冗談には聞こえなかった。その証拠に、ふたりはすでに全裸になっている。ならば美緒がすべき対応はひとつしかない。

「わたしのことは気にしないで」

努めてやさしく語りかけ、ぎこちないながらも微笑んでみせた。正直、先行きを考えると泣き叫びたくなる。だが、明日香には二度とつらい想いをさせたくなかった。

「おねがいします。彼女には手を出さないでください」

「その分、俺らを愉しませるというなら」

美緒はうなずき、『約束します』と目顔で伝えた。そして、あと数時間で解放される、それまでの辛抱だと、怯える心を奮い立たせた。

＊　　＊

タイルの上には畳大のバスマットが敷かれていた。その傍らを指差し、「そこに正座しろ」とカズが命じた。明日香はうなずき、持たされたビデオカメラを濡らさぬよう、胸元に掲げて腰を下ろした。

正座は苦手なので、すぐに足が痺れてきた。とりわけタイルに当たった膝がジンジンする。だが、顔をしかめたり、呻いたりはしなかった。普段より痛みを感じないのは、寝しなに服《の》まされたクスリの影響だろう。

明日香にカプセルを渡すとき、カズは「精神安定剤のようなものだ」と説明した。非合法なやつではないから安心しろ、とも。たぶん睡眠薬の一種に違いない。目を覚ましてからというもの、どこか躰がフワついていた。

「ここに跪け」

マットの向かいにリッキーが立ち、項垂れるママに命じた。指示どおりママが膝を落とすと、カズが「撮影をはじめろ」と顎をしゃくった。明日香はビデオの電源ボタンを押し、白々と映えるママの裸身にレンズを向けた。

「腰を折って、頭をマットにつけろ」

「……いったい、なにを？」

「つべこべ言わずに、さっさとやれ」

にべもなく一蹴され、ママが上体を伏せた。横から見るその恰好は、まるで土下座しているかのようだった。

「よし、股の間に腕を伸ばせ。目いっぱい」

マットに頭がつくと、リッキーが矢継ぎ早に指示を飛ばした。ブルッと胴震いしたママは、得体の知れない命令にも不安げに従った。

「じっとしていろよ」

今度はカズが言い、ママの真後ろに屈み込んだ。太腿の間に腕を伸ばし、ママの掌を掴むと、握り持った8の字形のフックを手足の革枷に引っかけた。ママが「あぁッ」と身悶えたのもかまわず、逆側も易々《やすやす》と繋ぎ止めた。

「さて、お楽しみはこれからだ」

腰を上げたカズがほくそ笑み、リッキーに目配せした。うなずいたリッキーは洗い場から洗面器を取ってきた。そしてマットの横、ママの目の前に置いた。

あらかじめ用意しておいたのだろう、プラスチックの洗面器には透明な液体が入ったガラス瓶と、長さ三〇センチ以上もある巨大な注射器がしまわれていた。そのふたつをタイルに並べ、リッキーは空にした洗面器にカランの湯を注いだ。ふたたびそれをタイルに置き、愉快げにガラス瓶のキャップを外す。

「それは、いったい……」

怖じ気をあらわにママが問うた。しかしリッキーは「すぐにわかる」とすげなく撥《は》ねつけ、洗面器の湯とガラス瓶の中身を指先で混ぜあわせた。

「こんなもんかな」

何度か液体を注《つ》ぎ足したのち、リッキーが注射器を摑んだ。先端を洗面器の溶液に浸け、ゆっくりシリンダーを引いてゆく。

「おっ、ぴったり二〇〇ccだ」

余さず溶液を吸い上げると、リッキーは注射器の目盛を弾む声で読み上げた。それとは対照的に、ママの顔はますます蒼褪めた。

「……これから、なにを？」

「ご覧のとおり、お注射するのさ」三度目にしてようやく、ママの問いにカズが応じた。

「美緒夫人はさっき、シャワーを浴びて躰の外側をきれいにした。だから今度は、内側をすっきりさせてやる」

「それって、まさか――」

「ご名答。そいつは浣腸器だ」

注射器の正体を告げられ、眼を剝いたママの顔はみるみる引き攣《つ》った。一拍後、わななく口から血を吐くような絶叫がしぶいた。

「いやです！　浣腸なんて絶対にいやッ！　いやあああああッ‼」

閉めきった浴室に、泣き喚くママの声がサイレンのように反響した。そのあまりの激烈さに、明日香はふと眩暈をおぼえた。

「おねがいッ！　ゆるしてッ！」

甲高く慈悲を求め、ママが起き上がろうとした。しかしカズが「おっと、そうはさせないよ」と片足で背中を踏みつけた。それでもママは狂ったように暴れる。

当然だった。自分だって、浣腸なんか死んでもされたくない。

「こいつは手がつけられんな」

「下手すると先っぽが折れちまう」

泣き叫ぶママを見下ろし、男たちが嗤った。すさまじい抵抗ぶりに、ひどく昂ぶっているようだ。思わず目にしたふたりのペニスは、もう勃起しかけていた。

「こうなったらロデオといくか」

苦笑まじりにカズが言い、のたうつママの背中に馬乗りになった。容赦なく身動きを封じられ、仰け反ったママの喉から「ああッ」という叫びが噴きこぼれた。それはすぐに号泣へと変わった。

「おいッ、ボケッとするな」

鋭いカズの声に、明日香はハッとした。手元を見ると、レンズが下を向いていた。

「いいかげんな真似をしたら、おまえにも一発お見舞いするよ」浣腸器をちらつかせ、リッキーが嗤った。「そして奥さんと我慢比べさせる」

おぞましい脅し文句に、明日香は縋る眼をママに流した。彼女は「あぁ」と哀しげに嘆き、潤んだ双眸をそっと閉じあわせた。

「ケツの穴が写るように、斜めに移動しろ」

心の中でママに詫び、明日香は「はい」と従った。指定された位置でビデオを構え直すと、ママのお尻をカズが抱え、ぐいと割り開いた。

「ああッ！　いやあああッ！」

とたんに羞恥の叫びが浴室にこだました。鷲掴みにされたヒップも左右にもじつく。だが、ママにできた抵抗はそれだけだった。明日香もレンズを逸らせない。見下ろすファインダー画面には、真横にひしゃげた肛門とパックリほころんだ性器がアップで映っていた。

「おねがいです……浣腸なんて、そんな恐ろしいこと……」

マットに片膝をつき、リッキーが狙いを定めると、ママがいまいちど懇願した。しかし男たちが翻意するはずもなく、ヒクつく肛門にガラスの嘴《くちばし》があてがわれた。

「んあああああッ！」

やおら嘴管《しかん》が突き入れられ、身悶えたママが重く呻いた。カズに抱えられたお尻がサッと粟立つ。そんな苦しみようを揶揄しながら、リッキーが寸刻みでシリンダーを押していった。ときおり回転を加え、啜り泣くママを「あッ」「いやっ」と喘がせる。意地悪く抜き挿しもした。そうして屈辱感を沁《し》み込ませ、およそ三分かけて二〇〇ccすべてを注ぎきった。

「さて、あとはどこまで耐えられるかだ」

ヌプリと嘴管を引き抜き、リッキーがほくそ笑んだ。ママの背中から下り、「これだけの躰をしているんだ、十分くらいは平気だろう」とカズも嬉々とする。が——。

「おねがいです……トイレに……トイレに行かせてください……」

ママが限界を訴えたのは、それから数分後のことだった。息は乱れ、白い肌には脂汗が滲んでいる。お腹もグルルッと鳴りだした。その音にあわせ、掲げられたヒップが悩ましげにくねる。気がつくと、明日香も力んでいた。それほどまでに、排泄を堪える姿は凄艶だった。

「案外だらしないな」苦悶するママを見下ろし、カズが嗤った。「もう洩《も》れそうか」

「……はい……」

「だったらトイレを用意してやる」

カズの言葉を受け、リッキーが洗面器を拾い上げた。「まさか——」とママが驚愕する。男たちの悪巧みは、カメラを構える明日香にも読み取れた。

果たしてリッキーは、ママのお尻に洗面器をあてがった。「我慢できなくなったら、いつでもヒリ出していいぞ」

地獄へ突き落とされ、ママは慄然《りつぜん》とした。見開かれた眼がさらに丸くなる。そして——。

「いやああッ！　ここでするなんて絶対にいやッ！　いやあああッ!!」

最前にも増してママは泣き狂った。上体を捩り、なんとか起き上がろうとした。が、またもやカズに背中を踏まれ、身動きを封じられてしまう。

「後生です。どうかそれだけは――」

　マットから頭をもたげ、ママは哀願した。潤んだ瞳をフルフルさせ、憐れみを乞うた。しかし「遠慮なく脱糞するがいい」と男たちは嘲るばかりだった。

「できません。人前でなんて、できません」

　大粒の涙をこぼし、ママは『できない』と繰り返した。その声も次第に弱まり、また途切れがちになり、ついに崩壊の時が訪れた。

「ああッ！　もうッ！」

　汗ばむヒップが妖しくうねった。と同時に、テラつく肛門がムクムク盛り上がり、蕾の中心から細長い水流がほとばしった。

「いッ、いやあああああッ!!」

　踏みつけられた躰をのたうたせ、ママはあられもなく号泣した。身も世もない泣き声に、洗面器の底を叩くジャーッという水音がまぜあわさる。

　やがて奔流が衰えると、濡れそぼる窄まりを押し拡げて茶色いかたまりが出てきた。相前後して「見ないでぇッ！」「撮らないでぇッ！」とママがますます泣き叫ぶ。明日香もブルブル慄えた。あまりの衝撃に心が凍った。なのに顔を背けられず、凝視したグロテスクな痴態にまた眩暈をおぼえた。

「すごい量だ。奥さんは便秘症なのか」

かつてない屈辱感に喧んでいると、わななく背中に下品な揶揄が浴びせられた。美緒は『もういや』と胸の中で悲嘆し、マットに伏せた躰をしゃくり上げながら揺すった。

——こんな、こんな残酷なことをするなんて。

他人の眼に排泄姿を晒してしまい、美緒はすっかり打ちのめされていた。人としての誇りを奪われ、絶望の涙がとめどなくあふれる。だが、むごたらしい責めはなおも続いた。

「ほら、見てみろよ」

声を弾ませ、霞む視界の中にリッキーが立った。膝を折り、手にした洗面器をタイルに置く。ゴトという重たい音に、美緒はつい眼をやった。こんもりした汚物をとらえ、ハッと眦を裂く。ワンテンポ遅れて、いとわしい悪臭が鼻を刺した。

「いやあぁ……」

疲弊した躰をもがかせ、美緒は顔を背けた。いやらしい哄笑が弾けるなか、新たな涙をマットにこぼした。

＊　　＊

「おい、そのへんで勘弁してやれよ」

背後から届いたカズの声に、リッキーが「そうだな」と応じた。「いくら美人でも、お出しになられたクソはやっぱり臭い」

とどめとばかりに嘲笑い、ペタペタと足音が遠ざかっていった。洗面器の中身を捨てるのだろう、そのままバスルームを出てゆく。ガラス戸が閉じられると、虚ろな静寂があたりに降りた。美緒の耳に響くのは、か細い己の嗚咽のみとなった。

「ビデオをよこせ」ややあってカズが言った。「おまえはケツを洗うんだ」

予想外の展開に、美緒は身じろぎした。

——娘に排泄の後始末をされる！　しかもあそこを見せつける恰好で。

惨めなさまが脳裏をよぎり、美緒は「いや」とかぶりを振った。生き恥はもう重ねたくない。しかし当たり前のように願いは却下された。この男たちは『やる』と決めたら必ずやるのだ。そのことを身に沁みて理解しているからだろう、声に出して返事はしなかったが、明日香は素直に洗い場へ寄った。

「ボディソープは多めにつけろよ。ママの残り香がまぎれるように」

カランの湯を洗面器に落としながら、今度は「わかりました」と明日香がこたえた。その声は抑揚に欠け、ＳＦ映画に登場するアンドロイドを彷彿させた。

「よし、きれいにしろ」

マットに洗面器を置き、その横に明日香が跪くと、冷徹にカズが命じた。肩越しに振り返った美緒は、スポンジを持った明日香に「ごめんね、こんなことをさせて」と涙声で謝った。うん、と無表情にうなずき、スポンジが押し当てられる。

ショック状態にあるものの、彼女の洗い方は繊細だった。陰部をさする手つきは、とてもソフトで女らしい。遠慮がちでありながら、このうえなく丹念でもあった。たっぷりボディソープをまぶしているため、マットに泡が滴るごとに排泄臭がやわらいでゆく。芳香剤の代わりに、洗面器の残り湯もタイルに撒かれた。

「お次はクリームだ」

意外な言葉に、美緒は「えっ⁉」とカズを顧みた。ニヤついた彼は、白いチューブを明日香に手渡した。こいつをケツの穴に塗ってやれ、と。

「どうしてそんなものを⁉」

「肛門が腫れているからさ、ふっくらと」

「……でしたら、自分でやります」

美緒は腕を引いた。連結された革枷がカチャッと鳴る。わざと音を立てたのだ。戒めを解くようアピールすべく。しかしカズは「それじゃあ面白味がない」と口角を歪め、おまえがやれと明日香にあらためて命じた。

「美緒夫人はおとなしく寝そべってりゃいいんだ、なにも考えずに。それ以上、余計な口を利いたら、こいつも同じ目に遭わせるよ」

あぁ、と美緒は嘆き、顔を前に戻した。それが合図となり、ぬめる明日香の指がお尻の穴にあてがわれた。とたんに全身がおののく。

「あッ、いやッ」

軽いタッチで一撫でされると、抑えきれず悲鳴がほとばしった。それにかまわず明日香がクリームを塗りはじめる。もはや彼女は操り人形と化していた。ケツの皺をグッと伸ばせ。円を描くようにこってりなすりつけろ――。カズが放つ淫猥な指示に、躊躇なく、そして的確に応えていった。

「よし、ケツの穴に指を突っ込め」

信じがたい命令に、美緒はサッと振り返った。おねがい、馬鹿なことはやめて――。そう叫ぶいとまもなく、クリームを塗った指がぬるりと分け入ってきた。

「ああッ！　そんなッ！」

とてつもない汚辱感に、背を丸めて慄えた。ドッと涙をあふれさせ、恥も外聞もなく「抜いてッ」「抜いてぇッ」と泣き喚いた。

が、願いはまたしても届かなかった。満遍なく塗りたくれ、と非情な命令があり、明日香は忠実に実行した。美緒が「痛い」「やめて」と身悶えても、彼女は機械的に腸腔を嬲り続けた。エスカレートする指示に二つ返事で従い、突き入れる指を二本に増やした。

「アッちゃん……やめて……おねがいだから……助けて……」

女の指とはいえ、二本となるとかなり太い。それが容赦なく狭い肉輪を突き破ってきたのだ。いきおい拡張感はすさまじかった。ぜいぜい喘ぐばかりで呼吸もままならない。お尻の穴が裂けてしまうのでは――。そんな恐怖にもとらわれた。しかしクリームを足すとき以外、束ねた二本の指は引き抜かれない。ユルユルと粘膜を擦られるたび、美緒は「うッ」「くッ」と生臭く呻いた。

「あぁ……きつい……」

「そう言いながら、だいぶ感じてきたみたいじゃないか」

「……本当に……く、苦しいんです……」

「それもいずれ快感となる」

そんなことはない、と美緒はかぶりを振った。お尻にいたずらをされて悦ぶなんて……決してあってはならないことだ。ただ、腰のあたりが火照っているのも事実だった。

「よし、そのへんでいいだろう」

じきにカズが終了を告げた。明日香の指が引き抜かれると、美緒はフウッと太息をついた。俯せになった躰もぐったり弛緩する。

と、正面のガラス戸が開き、リッキーが戻ってきた。

「随分と長かったな。どこへ行ってた？」

カズの問いに、リッキーは「庭だ」とこたえた。「せっかくヒリ出してくれたものをトイレに流したりしたら罰が当たると思ってね、花壇に埋めてきた」

「そいつはナイスアイデアだ」

「これから先、あの花壇はきれいな花でいっぱいになるだろう」

「なにしろとびっきりの肥やしだからな」

下卑たからかいに、美緒は悔し涙を浮かべて男たちを見上げた。「これだけ辱めたのだから、もう気がすんだでしょう」

「またご冗談を。奥さんと違って、俺らはまだすっきりしちゃいない」

「おい、おまえはもう一度ビデオを撮れ」

所在なく腰を下ろしていた明日香にカズが命じた。ビデオカメラを渡すと片膝を落とし、革枷のリングから8の字形のフックを外した。

「とりあえずチンポをしゃぶれ」

美緒は躰を起こし、マットの真ん中に正座した。あと少しで解放される――。その想いを励みに、羞恥と弱気を追い払った。

「昨日のおさらいだ」

美緒はかすかに首肯した。再度『いまは我慢よ』と自身に言い聞かせ、射竦めるレンズから意識を遠ざける。おもむろに息を入れ、ひとかけら残った気後れを排すと、両側から突き出された毒々しいペニスをそっと摑んだ。

「フェラチオしながら逆側のチンポは指でしごけ。今日は手が自由なんだから」

ふたたび美緒はうなずいた。よし、はじめろ、とカズに言われ、彼のペニスに口許を寄せる。とたんに牡の匂いが鼻腔に満ち、噎せ返りそうになった。が、勇気が萎えてしまわぬよう、無理やり舌を伸ばした。

まず初めに先端をソロリと舐めた。胸を蝕《むしば》む嫌悪感を捩じ伏せ、丁寧に舌奉仕を繰り返した。そのうちペニスが屹立しだす。意を決して唇を開くと縦に咥えた。そのまま喉奥まで迎え入れる。ここで逡巡《しゅんじゅん》したら、頭を鷲摑みにされて激しく揺すられるに決まっているからだ。せめて道具のように扱われるのは避けたかった。

「飲み込みが早いな。えらい進歩だ」

やおら頭を前後させると、満足げにカズが褒めた。むろん嬉しくもなんともない。美緒は眼を閉じ、すべてに耐え抜くことを念じた。

「おしゃぶりばかりに没頭しないで、手もしっかり動かせ」

厳しいリッキーの声に、美緒はフェラチオしながら彼のペニスをしごいた。ときおり強弱をつけ、包み込むようにカリ首をさすると、彼もまた感じ入った鼻息を噴きこぼした。

「手コキもなかなかだな。誰に教わった？」

野太いペニスを咥えたまま、美緒はかぶりを振った。手で愛撫するなど夫にもしたことがない。なのに上手だと言われ、胸の底に恥辱感が湧いた。

──人のことを尻軽女みたいに。

押し殺していた反撥心も息を吹き返した。だからといって報復には走れない。男たちも忖度してはくれなかった。美緒の口を交互に犯し、そそり立つペニスをしごかせては、淫らなコメントを吐きつけてきた。

「金玉を舐めたことはあるか」

揃ってペニスが育ちきると、ふいにカズが訊いた。おずおずと彼を見上げ、美緒は「ありません」と息を整えながら返事した。

「なら恒例の初体験といこうか。口に含んでベロで転がせ」

美緒はイヤイヤをした。だが声に出して拒否はしなかった。どんなに嫌がっても結局はやらされるのだ。しかも暴力的に。

ならばと上向いたペニスを指先で支え、股間に垂れる陰嚢を下から咥えた。指示どおり口の中でレロレロ転がし、唇を窄めて袋を引き伸ばした。

「どうだ、初めて『タマ舐め』した感想は？　おいしいだろ？」

ここで無視しても辱めを長引かせるだけ。そう思い、美緒は「はい」とうなずいた。

「だったら、こっちのタマタマも味わいな」

言うや背後から頭を摑まれた。美緒は抗わず、リッキーの陰嚢も舐め転がした。そして気づいた。ペニスと同様、かたちやサイズに個人差があることに。

そんなことまで知ってしまった自分がひどく憐れだった。堪えきれず涙もこぼした。しかし男たちは手加減してくれない。むしろ調子づく一方だった。

「奥さん、チンポを胸でしごいたことは？」

「……ありません」

「さっきから『ないない尽くし』だな」唾液にまみれたペニスをそびやかし、さも愉しげにリッキーが嗤った。「ま、そのおかげで初物をいただけるわけだが」

「美緒夫人、チンポを胸でしごく行為、一般的になんていう？」

意地悪くカズに訊かれ、たちまち頬が熱くなった。と、俯く顔を覗き込まれ、「まさか知らないなんてことはないよな、Ｈカップの持ち主が」と退路を塞がれた。仕方なく美緒は首を縦に振った。

「ちゃんと口でこたえろ」

「……ぱ、パイズリ、です……」

消え入る声で訥々《とつとつ》と述べると、すっかり素直になったな、とカズがにんまりした。すかさずリッキーが「その調子で実演も頼むぜ」と畳みかけてくる。行動も素早かった。

胸の谷間にペニスを押しつけ、リッキーが両手で乳房を摑んだ。美緒の口から悲鳴がしぶくのをよそに、屈めた腰をリズミカルに揺すりだす。思わず背筋を反らすと、逃がさんとばかりに乳首を引っ張られた。

「ああッ！　いたいッ！」

「だったら抵抗するな。それとチンポはもう一本ある。あとは言わなくてもわかるな」

見下ろすリッキーの眼は、まさに野獣のそれだった。美緒はブルッと慄え、真横に腕を伸ばしてカズのペニスを握った。羞恥よりも恐怖がまさり、我知らず熱がこもる。

それから数分おきに『パイズリ』する相手が変わった。二巡目からは、美緒が乳房を支え持ち、挟んだペニスを自分でさするよう命じてきた。あまつさえ「ベロを伸ばして、突き出た亀頭を舐めろ」とも。

過激さを増す要求に、美緒は泣く泣く応じた。一秒でも早く解放されることを願い、ひたすら従順であり続けた。

それが奏功したと言ってよいのか、およそ十分で『パイズリ』は終了した。とはいえ気を抜くことはできない。迫り来る真の地獄に、美緒は心の底から怯えた。

「これでウォーミングアップは完了した」

案の定、休む間もなく凌辱をほのめかされた。組んだ腕で乳房を隠し、美緒は「あなた方のおもちゃになる覚悟はできています」と涙ながらに切り出した。

「ですからどうか……避妊だけは……」

「奥さん、危険日なのか」

嘲笑まじりに問われ、美緒はかぶりを振った。ふたりの性格からして、ここで肯定したら藪蛇《やぶへび》になる。リッキーが指摘したとおり、今日はいわゆる『危険日』だった。もし膣内に射精されたら、かなりの確率で妊娠してしまう。それがとにかく恐ろしかった。

と、あっさりカズが応じた。「これまでの頑張りに免じて膣内射精は勘弁してやる」

横柄に言い放った顔を、美緒はまっすぐ見つめた。マスクの底で光る双眸に、嘘の色はない。言い回しに含みを感じたが、もはや信じるほかなかった。

「わかったら四つん這いになれ」

はい、と美緒はこたえ、マットに両手を突いた。指示された姿勢になると、また全身がおののきだした。もともと後ろから挿入されるのは好きではない。動物じみた恰好に、つい『交尾』という言葉をイメージしてしまうのだ。

——いよいよ犯される。

美緒は瞼《まぶた》を閉じ、凌辱の瞬間に備えた。が、すぐに眼を瞠った。ぬるっ、ぬるっ、とじらしつけていたペニスが思わぬところで止まったのだ。反射的にカズを顧みて「そこは違います！」と戦慄するままに訴えた。

「いや、ここでいいんだ」

事もなげにカズは言い、口角を吊り上げた。その残忍な面持ちが、不可解だった点をことごとく氷解させた。

——そんな⁉　お尻でしようというの⁉

いくら性に疎くても、世の中に『アナルセックス』という変態行為があることは知っている。だがまさか、自分がその餌食《えじき》になろうとは思わなかった。

「いやです！　そこはいやッ！　おねがい！　いやですッ！　いやあああああッ‼」

美緒は髪を打ち振るった。マットに爪を立て、足を蹴り動かし、力のかぎり暴れもがいた。しかし両手で腰を摑まれ、たちまち引き戻されてしまう。加勢したリッキーには首根っこを押さえられた。とどめは「だったらオマンコに突き刺すぞ」という脅し文句だった。

「……ああぁ……」

悲痛に嘆き、美緒は脱力した。最悪の結末を逃れるには、この屈辱を呑むしかない。

「ゆっくり深呼吸するんだ。そうすりゃ多少は楽になる」

ペニスをあてがい直し、カズが言った。諦念に促され、美緒は指示に従った。

間を置かず灼熱の切っ先が侵犯をはじめた。その甚大さは指二本分どころではない。まるで擂《す》り粉木《こぎ》を押し込められているかのようだ。

「ううぅ……い、いたい……無理です……お尻でなんて、無理です……」

「そんなことはない」先端をグイグイ押しつけつつ、カズが否定した。「さっきクリームを塗ってるだろ。リラックスしてりゃ入る」

美緒は深呼吸を繰り返した。苦痛をやわらげるべく、強張りを解くことに努めた。

と、エラの張ったカリ首が、ついに肉輪を突き破ってきた。

「あああああッ!!」

背筋を仰け反らせ、美緒は甲高く叫んだ。

――とうとうお尻で……。

身を裂く拡張感に滂沱《ぼうだ》の涙をこぼした。心を苛む汚辱感に声を放って泣きじゃくった。しかし手心は加えられない。

「ギャアギャア喚くな。先っぽが入ったくらいで」

ピシャリとお尻をはたき、カズが肛門責めを再開した。うねる腰をがっちり摑み、じわじわと刺し貫いてくる。腸腔を野太い肉の棹《さお》で抉り込まれるたび、美緒は「ううッ」「苦しい」「ゆるして」と総身を慄わせた。あさましく悶えては哀泣にまみれた。

「んあああああッ!!」

最後はズンと押し入れられた。その重い衝撃に、美緒はガクンと頭を反らした。陰部から駆け上がった稲妻が脳髄を灼く。視界は翳《かげ》り、闇の中に青い火花が散った。

「よし、根元まで入ったぞ」

「ああぁ……いたい……」

「ヴァージンを失ったんだから当然だ」

満足げに嗤い、カズが抜き挿しをはじめた。ふたたび脳内がスパークする。燃え拡がる激しい痛みに、美緒は「いやッ」「ゆるしてッ」と泣き叫んだ。

「なら気をまぎらわせてやる」リッキーが言い、目の前に膝をついた。「しゃぶれ」

美緒は首を振った。しかし唇を引き結ぶことができない。喉元まで込み上げる圧迫感にハヒッ、ハヒッと無様に喘いだ。その隙をリッキーは逃さなかった。こめかみを鷲摑み、美緒の顔を正面に向かせると、一気に欲望を突き入れてきた。

「歯を立てるなよ」

言われなくても顎に力が入らなかった。目尻を裂き、小鼻を膨らますことしかできない。それに乗じてリッキーが腰を前後させだした。いきおい張り詰めたペニスで喉を塞がれ、美緒は「むふう」「んぐう」と生々しく呻いた。

「どうだ？　奥さんのアナルは」

「初物だけあって絶品だね。嫌がってる割にはキュウキュウ締めつけてくる」

「意外と好きモノかもしれんな」

「マゾっ気があるのは間違いないだろう」

美緒の頭越しに、男たちは好き勝手なことを述べあった。その間も肛門と口をリズミカルに抉ってくる。揺れる乳房を揉みしだき、乳首をこねくりもした。すると燃え拡がる痛みに妖しい昂ぶりが溶けあわさり、躰の芯がいやおうなく疼いた。

「よし、ポジションチェンジだ」

やがてカズが言い、揃ってペニスが引き抜かれた。ハア、ハアと喘ぎながら、美緒は「もうゆるして」と弱々しく訴えた。だが男たちは返事すらしてくれない。足下に廻ったリッキーは、唾液でぬめるペニスを肛門にあてがうなり、有無を言わさず捻じ入れてきた。

「そんなッ、いきなり――」

背中を丸め、美緒は歯を食い縛った。そのときふと、眼の端に光るものをとらえた。左手に嵌めた結婚指輪だった。

――ああ、あなた……。

胸の裡で呼びかけると、新たな涙が瞳を覆った。堪えきれず「ごめんなさい」と想いが口を衝く。しかし屈辱のアナルセックスは止まらなかった。あまつさえドロドロに汚れたペニスを力ずくで咥えさせられた。

「どんな味がする？　ケツ穴に突っ込まれていたチンポは」

美緒は泣き顔をくねらせた。こんなのひどい、ひどすぎる、と心の中でなじった。そんな嫌がりようを嘲笑い、男たちの腰遣いが雄々《おお》しさを増してゆく。数分おきに『ポジションチェンジ』も繰り返された。

そうして身も心も蹂躙され尽くした頃、何度目かの肛辱に挑みながら、カズが「そろそろイキそうだ」と高まりを伝えた。美緒はハッと眼を瞠り、口を犯すペニスを振りもいだ。

「おねがいです！　中には出さないで！」

「なにを甘ったれたことを。赤ん坊ができるわけでもあるまいし」

「ふたり一遍にぶちまけてやるよ」

言うが早いか、下顎を摑んだリッキーが再度ペニスを捻じ入れてきた。美緒はボロボロ涙をこぼし、『いやッ』『そんなの絶対にいやッ』と手足をばたつかせた。だが、前後のペニスが楔《くさび》となり、まともに身動きできない。そしてついに——。

「よし、たっぷり出してやる！」

「こっちも喰らえ！」

揃って雄叫びを放った直後、口と腸内に熱い精がほとばしった。ドロリと粘膜を灼かれ、美緒は眼を剝いて呻きもがいた。一瞬、視界が真っ白になる。が、そのまま気絶することは許されなかった。

「一滴残らず飲み干せ」

厳しくリッキーに命じられ、喉に絡んだ生ぬるい体液をゴクリと嚥下した。吐き気を催す感触が、ゆっくり胃に落ちてゆく。余韻を味わうように身震いしたあと、男たちは無造作にペニスを引き抜いた。

支えを失い、美緒の躰はドサリと横倒しになった。その拍子に、腸内に射込まれた精液がブピピッと流れ出てきた。それでまた男たちが哄笑する。

しかし美緒は毫《ごう》も反応を示さなかった。羞じらう余裕など、とうに消失していた。

「このビデオはもらっていくよ。ふたりが妙な考えを起こさないように」

軽くシャワーを浴びたカズが『通報するな』と遠回しに脅しつけてきた。もとより今回の件を他言するつもりはない。愛する浩利にも。いや、愛しているがゆえに。

「いやあ愉しかった」

「こんなにハッスルしたのは久々だ」

朗らかに笑いあい、強姦魔たちがバスルームを出ていった。乱雑にガラス戸が閉じられると、空虚な時が行き過ぎた。

——やっと終わった……。

マットに横たわったまま、美緒は躰を縮めた。と、哀しみやむなしさで胸がいっぱいになり、ふと眼に入った明日香の姿があふれる涙でぼやけた。

8

「お父さんなんて大嫌い！」

枕を投げつけるや、夏掛けを被って明日香が号泣しだした。あとは「出てって」の一点張りで取りつく島もない。予想外の反応に、浩利はオロオロ部屋をあとにした。

明日香と美緒は一昨日、予定を繰り上げて東京に帰ってきた。別荘に泊まった最初の夜、明日香が熱を出したというのだ。以来、彼女はずっと寝込んでいた。吐き気がするから、と食事もほとんど摂《と》っていない。そこで「お医者さんへ連れていこうか」と診察を促したところ、烈火のごとく拒絶されたのだった。

いったいなにが気に障ったのか。男親ゆえの鈍さなのか、まったく見当がつかない。ただ茫然《ぼうぜん》とたじろぐばかりだった。

と、泣き叫ぶ明日香の声が届いたのだろう、夫婦の寝室から美緒が出てきた。

「どうかなさいました?」

心配顔に向け、浩利は事の次第を語った。静かに耳を傾けた美緒は「あの歳頃は繊細だから」と明日香を庇い、自分が面倒を見ると話を結んだ。

そんな彼女もパジャマ姿だった。明日香に劣らず顔色がよくない。

ふたりして夏風邪をひいたのかも——。

帰宅した際、美緒はそう説明した。だが明日香の言動といい、どうも腑に落ちない。それでつい怪訝な眼をしていると、ひとたび俯いた彼女がじっと見つめてきた。

「わたし、あなたを愛してます。心から」

語り口はもちろん、揺らぐ眼差しにもドキリとさせられた。縋るような表情からして、いつになく艶めかしい。浩利は「僕だって」と微笑み、彼女の両肩を摑んだ。

が、キスすることは叶わなかった。いや、と小さく叫び、美緒が顔を背けたからだ。またしても釈然としない想いにとらわれた。明日香と同じで、精神状態が不安定な気がする。あるいは別荘でトラブルでもあったのか。

疑念が面《おもて》に出たらしく、美緒は「こんなときに」と恨めしげな眼をよこした。言外に不謹慎だとなじられ、浩利は「ごめん」と謝った。確かにのぼせている場合ではない。

「アッちゃんのことは、わたしに任せて」

気まずさを払拭《ふっしょく》するように、美緒はきっぱり言い放った。眼の下に薄い隈《くま》ができているが、毅然とした面差《おもざ》しからは母親らしさが窺える。怪我の功名というべきか、明日香との絆がより深まったようだ。

そのことを喜ぶ一方、浩利は不満もおぼえた。別荘では連日セックスする予定だったのだ。ちょうど排卵日と重なるため、医師のアドバイスに従い、精子も溜め込んでいた。より確実に子宝を授かるべく。

なのに不慮のアクシデントが起き、そのチャンスを奪われてしまった。タイミングの悪いことに、明日からは海外出張だ。しかも期日は三週間ときている。では今夜、美緒をベッドに誘うか。そうしたいのは山々だが、具合が悪い彼女を無理に抱くわけにもいかない。となれば、心身のもやもやを解消する方法はただひとつ。

「じゃあ、よろしく頼むよ」

美緒の肩をポンと叩き、浩利は踵《きびす》を返した。そして階段を下りながら、どこで自慰をしようか、また頭を悩ませた。

＊　＊

コンコン、と二度ノックし、美緒はドアを開けた。

「アッちゃん、わたし」

穏やかに告げ、部屋の中へ足を進めた。正面の学習机には午後の陽射しが照り映えている。対照的に、コーナーに位置するベッドは翳って見えた。

浩利が移動させたのだろう、ベッドの横にはキャスター付きのアームチェアが置かれていた。そこに座り、美緒は「アッちゃん」と声をかけた。夏掛けがうごめき、おずおずと明日香が首を出す。泣き濡れた顔はあどけなく、美緒はふっと目許をなごませた。しゃくり上げた彼女も、すねたような表情をわずかにくつろげた。

「お父さん、すごく戸惑ってた」非難したと受け取られないよう、美緒は軽い口調で切り出した。「当たり前よね。かわいい娘にいきなり怒られたんだもの」

「……悪いことしたと思ってる」

ぼそりと言い、明日香が躰を起こした。足下から拾った枕を差し出すと、彼女はヘッドボードに立てかけ、背中を預けた。

それから束の間の沈黙が流れ、明日香がもの問いたげに見つめてきた。

「ママはもう、立ち直ったの？」

ううん、と美緒はかぶりを振った。二日に亘《わた》り、見ず知らずの男たちに凌辱されたのだ。心と躰に負った深手は、そう簡単に癒えはしなかった。

「わたしも魘《うな》されたり、泣き喚きそうになったりするわ」唇を慄わせ、美緒は赤裸々に告白した。「いっそ死んでしまいたいって、そんなふうに思うことも……」

あたしもそう、と明日香がこぼした。「ママ、東京に帰る途中、高速で事故りかけたじゃない？　前を走るトラックに、急に進路を塞がれて」

助手席からはそう見えたのかもしれないが、実際は百パーセント美緒のミスだった。本来なら運転できる状態ではなく、注意力が欠落していたのだ。が、話の腰を折ってまで訂正することでもないと、目顔で先を促した。

「あのときあたし、このままぶつかってもいいと思った」

なにを馬鹿なことを、と窘《たしな》めることはできなかった。明日香は寂しげな笑顔を振り向け、ふいに瞳を曇らせた。

「あたし、怖いの」

その理由は問うまでもない。彼女の手は腹部に添えられていた。

「もし、赤ちゃんができていたら……」

案の定のセリフに、美緒は「そうね」と懸念を覗かせた。レイプされた挙句、望まぬ子を身ごもる――。女性にとって、これほど忌まわしい運命はない。ましてや、明日香はまだ高校生なのだ。妊娠への恐れは人一倍だろう。彼女の心中を想うと目頭が熱くなる。だが、いますべきは慰めることではなかった。

「近いうち病院で診《み》てもらいましょう」

美緒は決然と口にした。妊娠判定ができるのは二週間先だが、新学期がはじまるまでには間にあう。問題は明日香本人の意思だった。きわめてデリケートな事柄だけに『行きたくない』と拒否することも考えられる。ところが即座に「うん」と返事があった。

「あたし、いいお医者さんを知ってるんだ」

「それって、産婦人科の？」

ティーンエイジャーにはそぐわない取り合わせから、美緒はつい念を押した。ふたたび明日香が「うん」とうなずく。

「あたし、生理不順になったことがあって、結局なんでもなかったんだけど、とても親身だった」明日香は言い、眼を覗き込んできた。「ママは……大丈夫なの？」

問いかけの意味はすぐさま理解できた。彼女とは異なり、美緒は膣内に射精されていない。だが、本当にそう言いきれるのか。もし気絶している隙にレイプされていたら……。これまで幾度となく想像したことだが、いとわしい可能性をあらためて突きつけられ、美緒はゾクリと身震いした。

「ママも調べてもらったほうがいいかも」

憐れむ眼をよこし、明日香が言った。美緒は「そうね」と嘆息まじりに返した。

「そこって街のお医者さん？」

「ううん、おっきな病院。救急患者も受け入れるような」

「場所はどこにあるの？」

「うちからはちょっと離れてる」

そう前置きして告げられたのは、多摩川寄りにある住宅地だった。同じ世田谷区内とはいえ、そこへ行くには電車を乗り継がなければならない。しかし距離がある分、噂話になる危険性は低いと考え、一緒に受診することを約束した。

－その病院、名前はなんていうの？」

「岸田総合病院。一族経営の病院で、本部は八王子にあるみたい」

美緒は『岸田総合病院』と頭の中で反芻《はんすう》し、担当医がいい人なら掛かりつけの産院から移ってもかまわない、とおぼろげに思案した。

9

「外にいる女性、ものすごい美人ですね」

昼食から戻るなり、看護師の大滝萌《おおたきもえ》が声を弾ませた。岸田は薫《かお》り立つカップをデスクに置き、アームチェアを回した。彼女が閉じたドアの先、廊下のベンチには美緒夫人と明日香が座っている。計画どおり、妊娠検査を受けにきたのだった。

「一緒にいる女の子もティーンズ雑誌のモデルさんみたい」看護師が用いる共有デスクに着き、興味津々に萌が続けた。「ひょっとして芸能人姉妹とか」

岸田は「いや」と首を振った。「ああ見えて親子だよ。血の繋がりはないけど」

「つまり継母ってことですか。へえー」納得した萌は、愛らしい小顔をほころばせた。「それにしても随分若いお母さんですね。わたしとふたつ三つしか違わないでしょう？」

萌の年齢は二十二歳、したがって正確には六つ離れている。だが、いちいち訂正はしなかった。年齢などカルテを見ればわかることだ。加えて、美緒夫人は二十代半ばで通用するというのもあった。

「なんだかドラマみたいですね、親子揃ってあれだけきれいだと」

確かに、と岸田も朗らかに返した。緩めた唇にカップをつけ、書類整理をはじめた萌をそれとなく窺う。面持ちとは裏腹に、胸の裡では黒い欲望がうごめいた。

永瀬母娘をうらやんだ萌も、容姿はかなりのハイレベルにあった。性格も明るく、院内では指折りの人気者になっている。とりわけアイドル顔負けのファニースマイルに、たびたび賛辞が寄せられた。いわく『あなたの笑顔が一番の薬になる』と。

萌のファンは同僚の中にもいた。若手医師をはじめ、彼女にアプローチをかけた独身男性は、岸田が知るだけでも十余人を数える。だが『いまは仕事に集中したいから』と彼女は交際を断り続けてきた。といって男嫌いなわけでもない。

年頃らしく、萌も人並みに恋をしていた。その相手は、おそらく自分だと思う。ときおり感じるのだ。尊敬とも憧れとも違う、もっと熱っぽい眼差しを。

萌の乙女心に、岸田はいずれ応えるつもりだった。とはいえ恋仲になる考えはまったくない。美緒夫人の調教が一段落したら、彼女も『牝奴隷』に躾《しつ》けてゆく。そのための罠《わな》もすでに張ってあった。

「ぼちぼち午後の診察をはじめようか」

コーヒーを飲み干し、岸田は告げた。はい、と快活にこたえ、かいがいしくカップを片付けた萌がひとたび診察室をあとにする。

その間に、岸田は眼鏡をかけた。無骨なデザインの黒縁眼鏡だ。これをかけると岸田の顔はたちまち堅物風になる。診察中はヘアスタイルも変えていた。前髪もサイドも不潔感を与えない程度にバラつかせている。

なぜそんな真似をするのか。視力だって両方とも一・二以上あるのに。

萌たちによると、岸田は『イケメン』であるがゆえ、患者が『男』を意識してしまうというのだ。とくに内診台に上がるときなど恥ずかしさはひとしおだと。

そこで案じられたのが『冴えない男』に変身することだった。念を入れ、生真面目さを押し出すように心掛けてもいる。

そんな演出が実り、ことさら敬遠されるケースはだいぶ減った。附随して、街中で患者と擦れ違っても、担当医だと気づかれることはなかった。

けっこうなことだ、とデスクの卓上鏡を覗きながら、岸田はひとり微笑んだ。伊豆でレイプに及んだ際、美緒夫人の前では常にマスクを被り、素顔はいっさい晒していない。自分も菅沼も声質に特徴はなく、また標準語で喋るので、そこから見破られる心配もなかった。よほど勘が鋭くても、既視感をおぼえるのが関の山だろう。

ややあって萌が戻ってきた。背後には永瀬母娘がつき従う。

美緒夫人は半袖のブラウスに水色のスカートをあわせていた。明日香はTシャツに細身のジーンズ姿だ。どちらもシンプルないでたちだが、美人はなにを着てもよく似合う。飾らないなかにも非凡なつやめきを感じさせた。

「どうぞお座りください」

緊張気味の母娘に、患者用の丸椅子を勧めた。失礼します、と一揖して夫人が腰を下ろす。明日香もそれに倣《なら》った。

「今日は、お嬢さんの検診ということで？」

受診カードに記載された申告内容をカルテに書き写し、努めて穏やかに切り出した。はい、と夫人がこたえ、デスクに控えた萌を気まずげに一瞥する。それを見て、岸田は『席を外すように』と目顔で指示した。

医師とふたりきりで話がしたい。そう要望されることは往々にしてある。とくに産科・婦人科においては。そもそも同伴者がいる時点で『いわくつき』なのだ。心得顔でうなずいた萌は、すみやかに診察室を出ていった。

「受診カードには『生理不順』と記されていますが、これはいわば建前ですね？」

理解あるドクターを装い、真正面から質《ただ》すと、果たして夫人は「はい」と首肯した。「実は……妊娠検査をしていただきたいのです。彼女の」

「えッ!?」岸田は驚きの眼を明日香に流した。「きみはつまり、誰かと性行為をしたわけだね？　相手は彼氏？」

「……違います……」

ぽつりと否定した明日香に、岸田は「だったらどういう人？」と畳みかけた。すると彼女はムッと睨み返してきた。

「こういう検査って、そこまで教えないとしてくれないんですか」

「そんなことないよ」気圧《けお》されたふうに苦笑い、岸田は、でも、と真顔で続けた。「これからはきちんと避妊しよう。傷つくのは自分自身なんだから」

陳腐にすぎる忠告だが、明日香は「はい」と素直にうなずいた。たおやかな表情を読むかぎり、美緒夫人も『実直なドクター』と気を許した様子だった。

「ちなみに生理のほうは？」

明日香に眼を戻し、岸田は問うた。彼女は「わかりません」と首を振り、『あの日』が来ていないから、と不明なわけを話した。

「前回はどうだった？」

「ちゃんとありました。予定どおりに」

なるほど、と岸田はつぶやき、戸棚から採尿用のカップを取り出した。「じゃあ、これにおしっこを採ってきて。トイレは出て右にあるから」

廊下に明日香が消えると、結果が出るまでベンチで待つよう指示した。しかし夫人は席を立たない。あまつさえ縋る眼で見つめてきた。こちらの目論見にたがわず。

「実はわたしも……検査してほしいんです」

「検査というのは、妊娠の？」

はい、と小声でこたえ、夫人が長い睫毛を伏せた。その新妻らしい羞じらいように、岸田はつい昂ぶりをおぼえた。むろん態度には出さない。彼女の信頼を勝ち得るべく、親身かつ丁寧に問診をはじめた。

「これまで妊娠検査を受けられたことは？」

「ありません。ですが産院には何度か」

「それは、どういった理由で？」

「赤ちゃんが、子供が早く欲しいからです。わたしも主人も」

きっぱりこたえた流れから、男児の産み分けに挑んでいること、そのため排卵日以外は必ず避妊してきたことなどが明かされた。

「なのに浮かない顔をされているのは、予定外の妊娠をしたかもしれないから？」

気遣う口調で尋ねると、美緒夫人は「はい」と痛ましげに首肯した。「生理が来ないんです。予定日からもう一週間くらい過ぎているのに」

赤裸々な告白に、岸田の胸は高鳴った。これは妊娠したとみて間違いない。ただし、それを告げるのはまだ先のことだ。内心をひた隠し、夫人にも採尿カップを渡した。

それから十分後――。

デスクに並べたカップから、岸田は検査キットを引き抜いた。とたんに「よし」と歓声が口を衝く。判定の結果は、明日香が陰性、美緒夫人が陽性だった。

自然体を装い、岸田は診察室を出た。眼があうなり、ベンチに腰掛けた美人親子がすっと立ち上がる。ふたりの顔には不安の色がありありと滲んでいた。

「お母さんだけお入りください」

岸田は言い、夫人を呼び寄せた。先刻と同じく向かいあわせで座ると、まず結論から申します、と緊迫した顔をまっすぐ見た。

「調べたところ、おふたりとも陰性でした」

夫人はホッと肩を落とした。やわらいだ眼がたちまち潤みだす。だが、硬い声音で「ただし――」とつけ加えると、目尻を払って居住まいを正した。

「現時点では百パーセント妊娠していないとは断言できません。正確性を期すには再検査する必要があります」

安心するのはまだ早い。言外にそう伝えると、夫人の顔が引き締まった。

「お嬢さんは生理予定日の一週間後に、お母さんは来週中にもう一度いらしてください」

「それまでに、月のモノがあった場合は？」

「おそらく再検査はいりません。ただ、違和感もしくは痛みをともなったり、経血がいつもと異なるようでしたら、なるべく早めにお越しください」

「躰に異常があるとか、そういう――」

「あくまで仮定の話ですよ」怯えを解くべく、岸田は明るく言い放った。「なんだったら詳しく診てみますか？　そこで」

岸田の眼を追い、美緒夫人が内診台を見た。滑らかな頬がすぐさま紅潮する。顔を戻した彼女は案の定「とくに問題がなければ……」と恥ずかしそうに辞退した。そのさまが凌辱シーンを甦らせ、獣欲の炎を煽り立てる。だが、内診台でのM字開脚などいずれ実現することだと、あえて無理強いはしなかった。

「最後にひとつお尋ねしてよろしいですか」

おもむろに話題を転じると、警戒まじりに夫人がうなずいた。一呼吸分の間を挟み、「これは経験上の勘ですが――」と岸田は切り出した。

「永瀬さんは、なにかトラブルに見舞われているのでは？」

「そんな、トラブルだなんて――」

　ハッと眼を瞠り、夫人は声を震わせた。それにかまわず先を続ける。

「単刀直入に申しますと、誰かに脅されている気がするんです。それも金品が目的ではなく、肉体関係を強いるような」

　どうです？　違いますか？　そんな眼で見つめると、夫人はますます蒼褪めた。

「そう想う根拠はいくつかあります。まずお嬢さんですが、普通、避妊に失敗しても、すぐに検査してもらおうとは思いません。なのに彼女は、生理予定日の前に受診にきた。しかも同伴した母親までもが検査してほしいという。これはどうみても不自然です。おふたりの身になにかあったとしか考えられない」

　夫人から返事はなかった。深く項垂れ、揃えた手を握り締めるばかりだ。

「あなたの言動も引っかかります。夫婦ともども子供を望んでいるとおっしゃったのに、なぜか妊娠することに怯えている。それこそ受胎していては困るとでもいうように。――そうするとつい、最悪のケースを想像してしまうんです。実際、そういった患者さんを何十人となく見てきたものですから」

暗にレイプ被害をほのめかすと、夫人はゆっくり顔を上げた。だが、開きかけた口から言葉が発せられることはなかった。

「いまここですべてを打ち明けろとは申しません」物分かりのよさを窺わせ、岸田はまとめに入った。「ただ、永瀬さんが由々しきトラブルに直面していて、打開策がなにも見出せないようでしたら、いつでも頼ってきてください。できるかぎり力になります」

「……ありがとう、ございます……」

夫人は涙声で礼を言った。それすなわち岸田の弁を認めたことに気づいていない。ある意味、隙のある女だった。自ずと嗜虐心がもたげる。同時に己の二枚舌を嗤った。脅している張本人なのによく言う、と。

「いずれにしても早くお子さんを作ることですね、ご主人との」

夫人を送り出しながら、岸田はさりげなく口にした。妊娠してしまえば、たとえレイプされても凌辱者の子を宿すことはない。そう示唆したのだ。うなずいた夫人は、いまいちど礼を述べて廊下に出ていった。

それと入れ替わりに菅沼が訪ねてきた。夜勤明けでソファにでも寝転がっていたのだろう、普段はパリッとした白衣に皺が寄っている。ちらりと顔を窺うと、筋肉質な顎には無精ひげが見受けられた。

「いまそこで奥さんたちと擦れ違ったよ」

看護師用のデスクに座り、菅沼が言った。岸田はどんな様子だったか尋ねた。

「ふたりともホッとした感じだったね。首尾はどうだったんだ？」

「ばっちりママになってた」

夫人に用いた検査キットを掴み、岸田は放り投げた。それを片手でキャッチし、菅沼は判定窓に眼を落とした。すぐさま「一発必中か」とほくそ笑む。

「あとは旦那の子と信じさせるだけだな」

「その布石として、セックスしまくるように仕向けておいた」

さらに言うなら、生理があったと勘違いするよう、すでに手を打ってある。

「もう孕んでいるのに、必死にケツを振りたくるわけか。旦那の胤《たね》を求めて」それは見物だな、と菅沼がまたニヤついた。「話は変わるが、スポンサーに賭けさせても面白いかもしれんな。エディとボブのＤＮＡを調べて」

医者にはブッ飛んだやつが多い。それが岸田の持論だ。己もその例に洩れないと自負している。とはいえ菅沼には敵《かな》わなかった。

「おまえも鬼畜だね」

「どこの国でもハーレムを築くのは金持ちと決まっている」

うそぶく相棒に、岸田は「違いない」と同意を示した。そして性奴たちが傅《かしず》くさまを夢想し、声を上げて笑いあった。

10

ヨーロッパから帰国したその夜——。

入浴をすませた浩利は、リビングから顔を出した美緒に「上で待ってる」とサインを送った。はにかむ彼女を横目に階段を上がり、夫婦の寝室に入る。夕方、一階のソファでまどろんだおかげで、時差ボケはいくらか解消されていた。たとえ疲労困憊《こんぱい》だったとしても、今夜はセックスするつもりだ。でないと性欲が弾けてしまう。

最後に美緒を抱いたのは、もう一カ月前のことだった。もし夏休みがフイにならなければ、ここまで昂ぶりはしなかったと思う。出張で離れ離れになる分、別荘では子作りに励む予定だったのだから。

ところが不慮のアクシデントに見舞われ、出国前、仕方なく自慰をする羽目となった。旅先のホテルでも定期的に自分で慰めた。いままで何度となく長期出張してきたが、こんなに悶々としたのは初めてのことだ。自ずと痛感させられた。自分がいかに美緒を愛し、その肉体に溺《おぼ》れていたのかを。

ノートパソコンを立ち上げ、メールを確認していると、寝室のドアがそっと開いた。浩利はモニターを閉じ、美緒のためにベッドの座り位置をずらした。

久しぶりに見るせいか、美緒のために見るせいか、美緒のパジャマ姿はとてもまぶしかった。ウェーブをかけた髪も、ほのかな光につやめいている。羞じらう美貌がまた胸を高鳴らせた。

麗しい立ち姿をしばし堪能し、浩利はスタンドの調光ダイヤルを回した。あたりが翳るのにあわせ、美緒がベッドに足を向ける。隣に座った彼女は、いつものように薄くメイクを施していた。静かに息を吸うと、かぐわしい香りが鼻腔に満ちた。

「ずっと独りぼっちにして悪かったね」

美緒の肩に手をやり、まずは詫びた。彼女が「ううん」と首を振る。

「確かに寂しかったですけど、わたしたちのために頑張られているんですもの」

「今回の件が片付いたら、だいぶ落ち着く。そしたら三人で温泉にでも行こう。明日香もリフレッシュしたいだろうし」

「いまから楽しみにしています」

たおやかに微笑み、美緒が瞼を閉じた。浩利も眼を細め、キスを待つ唇に自分の唇を重ねた。とたんに官能の襞が揺さぶられる。しっとりしたロングヘアを梳き上げ、うなじを押さえて口づけを強めた。欲望の赴くままに舌を挿し入れた。一瞬、彼女の舌がビクリと震える。だがすぐに絡めてきた。あたかも弱気を振り払うように。

——一カ月前とは別人みたいだ。

美緒の舌遣いは、きわめて情熱的だった。それだけ夫の帰りを待ち焦がれていたのだろう。なくしたものを取り返そうとしているようにも感じられる。そんな彼女がいじらしく、しゃにむに舌をうごめかした。

キスの次はパジャマ越しに愛撫する。それが以前までのパターンだった。しかし今夜はまどろっこしい真似はしない。貪るように口づけしながらパジャマを脱がせていった。

彼女を下着姿にすると、ブラジャーを突き上げるバストを掌で包んだ。その柔らかさとボリュームに、浩利はたちまち夢中になった。出張中、何度も思い描いた乳房だ。いくら揉みしだいても飽きやしない。

「あッ……いやッ……そんなに……」

じきに美緒が音《ね》を上げた。仰け反った口から鼻声をこぼした。

満足感に浸りつつ、火照った首筋に唇を這わせた。その間も、乳房を摑む五指は休めない。腰を抱えた手で脇腹や太腿を撫でつけもした。すると美緒は「あッ」「んッ」と喘ぎはじめ、ますます躰をくねらせた。

「今度はわたしに愛させて」

ひとしきり想いを確かめあうと、躰を離した美緒が熱っぽく見つめてきた。それはつまりフェラチオしてくれるということか。率先してこう言ってきたのは初めてのことだった。意外なほどの積極さに、またもや驚かされる。ここまで大胆になるのは寂しさゆえ、と孤閨《こけい》を強いたことを心苦しく思いもした。だからといって、むろん拒みはしない。

「じゃあ、お願いする」

バスローブの帯を解《ほど》き、トランクスを脱ぎ下ろすと、美緒が立ち上がった。

今夜の彼女は、光沢のあるシルクの下着を身につけていた。デザインも艶《あで》やかで、股上の深いハイレグショーツが腰の縊れと足の長さを強調している。正面にある豊かなバストも、ひときわゴージャスに映えた。やはり彼女のランジェリー姿はすばらしい。出張先のヨーロッパでは金髪美人をあまた目にしてきた。会食したレストランでは若手トップ女優とも遭遇している。だが愛する妻をおいて、ここまで見惚れさせた女性はいなかった。

「相変わらず見事なプロポーションだ」

心から褒めると、微笑んだ美緒が「足を開いてください」と指示した。ああ、と浩利はうなずき、股を開いた。その間に彼女が跪く。

そこから先はなにも促すことはなかった。おもむろにペニスを掴んだ美緒は、息を入れてチロチロ舐めだした。カリ首をはじめ、突き出した舌で鈴口や裏筋を撫でさすってゆく。こそばゆい感触はもとより、一心にフェラチオするさまにも昂ぶらされた。全裸でないのもいい。下着をつけている分、『奉仕』のイメージがより際立った。

「美緒、気持ちいいよ」

彼女の髪に指を絡ませ、感激の声で告げた。でしたら、と彼女は眼を細め、屹立しかけたペニスを愛おしげに咥えた。とたんに腰が痺れ、さらなる興奮が拡がる。

——今夜は本当にすごい！

奥手な妻の成長ぶりに、浩利は眼を瞠った。技術的にはまだ拙いが、彼女からしたら格段の進歩だ。なにより『夫を喜ばせたい』という、その想いが嬉しかった。

ペニスを呑んだ美緒は、上下する頭の動きを徐々に大きくした。それにともない気後れが薄れていくのが見て取れる。緩やかに髪を揺さぶり、口唇奉仕に励む面持ちは、このうえなく色っぽかった。

「ああ、そんなことまで——」

完全にペニスが上向いた頃、驚愕と感動の声が口を衝いた。張り詰めた亀頭を指先で支え、腰を折った美緒が陰嚢を舐めはじめたのだ。パクリと咥え、口の中でレロレロ転がしもした。かつての彼女からは想像もつかない性技だ。

再度ペニスを呑み込むと、美緒のストロークは勢いを増した。奉仕に努めるうち、彼女自身も感じてきたらしい。つくづくかわいい女だと思う。

が、口許に浮いた笑みは、にわかに消え失せた。代わりに焦りが込み上げた。美緒のフェラチオが想いのほか激しく、腰のあたりが甘く疼きだしたのだ。

「そんなにしたら――」

狼狽《ろうばい》を隠さず、浩利はストップをかけた。このままでは口の中に射精してしまう。そうおののく一方、『別にいいじゃないか』と囁く自分がいた。いつかそうしたいと願ってきたことなのだから。

葛藤の末、浩利は欲望に従った。美緒の頭を両手で挟み、上下する動きをサポートした。それに応えて彼女の口遣い、舌捌きがいっそう熱を帯びる。ジュプッ、チュポッ、と淫靡な音が切れ目なく聞こえるようにもなった。そしてついに――。

「美緒ッ！　イクよッ！」

声高に叫び、浩利は腰を突き上げた。いきおい猛ったペニスで喉を射貫かれ、美緒はカッと眦を裂いた。浩利の腿を鷲摑み、紅潮した顔をブルブル震わせる。そんな苦しみようが嗜虐心を煽り、爆ぜてもなおペニスを繰り出した。そのたびに彼女は「むぐッ」「げふッ」と濁音まじりに呻いた。眉をたわめた半ベソ顔も、どことなく滑稽だった。

「こぼしちゃ駄目だよ」

最後の一滴まで放出すると、諭すように命じた。涙目でうなずいた美緒は、ペニスが引き抜かれるや上を向いた。か弱げな面差しがまたサディスティックな心持ちにさせる。

「どんなふうになっているか見せて」

美緒はふと眼を泳がせたものの、唇をおずおずと開けた。覗き見る口の中には白濁の精がこびりついていた。およそ一週間ぶりの射精とあって、量がかなり多い。こってり粘ついてもいた。上顎と舌の間に糸が引き、とてつもなく卑猥に映じられる。

――とうとう口の中に。

声に出さずに反芻すると、胸の裡に歓喜がもたげた。この興奮は、単なるフェラチオでは得られないものだ。欲望はさらに加速した。ここまできたら嚥下させたい。

「美緒、飲んでくれるね」

浩利は迷わず口にした。しかも拒否することを許さないニュアンスで。

ふたたび美緒の眼が泳いだ。あるいは泣いてイヤイヤをするかと思った。しかし予想はいいほうに外れた。唇を結んだ彼女は瞼も閉じ、反らした喉をゴクリと鳴らした。

「どんな味だった？」

顔を伏せ、肩を喘がす美緒に、浩利は訊いた。上目遣いの一瞥をよこした彼女は、羞じらいを深めて「ちょっぴり苦かったです」とこたえた。

「それに、喉にすごく絡みついて……」

「だいぶ溜まっていたからね」

浩利は照れ笑いし、あらためて充足感を嚙み締めた。ヴァージンは奪えなかったが、美緒に精液を飲ませた最初の男になった。そのことを心から喜んだ。

息を整えた美緒が、控えめに声をかけてきた。彼女の眼が股間に注がれ、続くセリフを代弁する。果たして彼女は、もう一度できるか戸惑いげに問うた。浩利は「もちろん」と胸を張り、彼女をベッドへいざなった。

「あの、あなた――」

今夜は排卵日でもある。口内に射精したのみでは、男の子を産んでもらうという、もうひとつの目的が達せられない。そもそも今夜は、複数回セックスする肚《はら》だった。

美緒の躰を横たえると、彼女の背中に腕を挿し入れ、ブラジャーを外した。三週間ぶりとなるお椀形のバストは、美しいフォルムと吸いつくような手ざわりで男心をそそらせる。浩利はやわやわ揉みしだきながら、ぷっくり膨らんだ乳首にむしゃぶりついた。

「ああッ、そんな！」

軽く歯を立てると、美緒の躰が痙攣した。感度のよさに気をよくして、たわわな双乳をさらに嬲った。今夜はもう遠慮などしない。愛する妻により深い悦びを教え込むつもりだ。それで受胎となれば言うことなかった。

「お尻を上げて」

片手で乳房を愛撫しながら、浩利は甘く囁いた。はい、と擦れた声でこたえ、美緒が腰を浮かした。ショーツに指をかけ、長い足からスルリと抜き去る。

「あッ、いやッ」

やおらクレバスをいじると、汗ばむ柔肌がうねりだした。肉襞をさする指の腹には湿り気が感じられる。やはりフェラチオで興奮したらしい。とはいえ挿入するにはもう一濡れほしかった。ならばと彼女の足下へ廻り、両膝を摑んだ。

「ああッ、いやですッ」

股間を割り開くと、美緒は真っ赤な顔をくねらせた。太腿に力を入れ、晒された陰部をなんとか隠そうとする。手を伸ばして浩利の躰を押し退けようともした。そんな儚い抵抗が征服欲に火をつける。もっと苛めてやろう、と。

「両手で腿の裏側を摑むんだ」

自らM字開脚するよう、浩利は強いた。美緒はかぶりを振り、涙目で許しを乞うた。しかし聞き容れない。「さあ早く」と厳しく催促し、彼女の膝を左右に倒した。

結果、美緒は折れた。「あぁ」と嘆き、割り裂かれた自分の足を両手で支えた。

「あなた、すごく恥ずかしい」横顔を枕に沈め、美緒はスンと洟を啜った。「おねがいですから、あんまりご覧にならないで」

「いや、じっくり見物させてもらうよ。そして、たっぷり気持ちよくしてあげる」

半ば脅しつけ、浩利はクンニリングスを開始した。伸ばした舌で陰裂をなぞると、わななく美緒の口から「ああッ」という、喜悦まじりに悲鳴がしぶいた。だが、腿を摑む手は離れなかった。閉じかけた足もすぐに開かれる。そんな健気さに眼を細めつつ、ぬめ光るラビアを、剝き上げたクリトリスを、丹念にねぶった。

「あなたッ、わたし、なんだかもうッ」

「我慢することないよ。気持ちよかったら大声でよがればいい」

返事の代わりに、美緒はガクガク下半身を揺さぶった。ヴァギナから放つ牝の匂いを強め、トロリと蜜をあふれさせた。それを舌に絡め、浩利はクリトリスに的を絞った。しこる尖りに吸いつき、ときに甘嚙みしながら、秘孔に指を挿し入れた。

「そんなッ、一遍になんて――」

弱点と内粘膜を同時に攻めると、美緒が甲高く叫んだ。もがく腰がひときわ激しくうねりだす。しゃぶり立てるクリトリスも弾けんばかりに勃起した。性体験が乏しい彼女は、こうなると一気に昇り詰めてしまう。かまわなかった。むしろ一度イカせておいたほうが本番に臨みやすい。浩利は指を二本に増やし、探り当てたGスポットを執拗にしごいた。

「あッ……いやッ……おかしくなるッ」

じきに美緒が切れ切れに歔きだした。いまや秘孔はドロドロに燃えたぎっている。抜き挿しするスピードを速め、彼女をいっそう追い込んだ。

「ああッ！　イキます！　イクうううぅ」

内と外の二箇所責めに、美緒はアクメを極めた。M字開脚した躰をビクつかせ、捲れた秘唇のあわいからピュッ、ピュッと『潮』を吹き上げた。日頃のしとやかさからは想像もつかない、すさまじい達しようだった。

——前回より一段と感度が増したみたいだ。

横臥した美緒の躰はハアッ、ハアッという荒息にあわせて痙攣するように波打った。そのしどけない寝姿に、浩利は頬を緩めた。この分だと今夜はすばらしいセックスができそうだ。我を貫いても、よもや拒否はされまい。

予想は当たった。息を整えた美緒に「四つん這いになって」と声をかけると、わずかに逡巡したのち、ぎこちなくヒップを向けてきた。これまでのように『後ろからするのは恥ずかしい』などと嫌がらずに。

よがり歔くさまに昂ぶり、浩利のペニスは完全に復活していた。赤剝けたエラなどフェラチオされたときより猛々しいくらいだ。

——今夜こそ孕ませてやる。

興奮と使命感に促され、脂汗に光る美緒の腰を摑んだ。鋼《はがね》と化した亀頭でぬめるラビアを押し拡げる。秘孔にあてがった瞬間、美緒が「あッ」とハスキーに叫んだ。それを合図に、ゆっくり欲望を突き入れた。

「あああああッ！」

間を置かず、艶めかしい声がこだました。ペニスを吞んだ腰もグンと反り返る。その拍子に後ろ髪が宙を舞い、スタンドの光に淡くきらめいた。

浩利は真下に眼を向けた。結合部はおろか、肛門までつぶさに観察できるのがバックの醍醐味だ。とりわけヒクつく様子がたまらない。

「美緒のあそこ、狭くて熱くて最高だ」

腰を振り立てつつ、浩利は感嘆した。グラマラスな躰をくねらせ、美緒は「いやッ、そんなこと——」と羞恥に肌を染めた。が、想いとは裏腹に、彼女のヴァギナは心地よくペニスを締めつけてくる。ともすれば根元から食い千切《ちぎ》られそうだった。

「口とは違って、躰はとても喜んでる」

浩利は笑い、徐々にペースを上げた。ストロークの幅も大きくする。ときに抜ける直前まで、ペニスを引き、女の蜜を絡め取った。逆に亀頭の先を子宮に押しつけ、生々しい呻きをほとばしらせた。

「あッ……あッ……あッ……あッ……」

ペニスを突き立てながらバストに手をやると、あられもなく美緒がよがりだした。その声と、肌がぶつかるパン、パンという音がまじりあう。浩利はしこる乳首をこね回し、揺れる乳房をタプタプ揉んだ。そして歔き悶える彼女をオルガスムスへと導いた。

「美緒、仰向けに寝て」

濡れそぼる秘孔からペニスを抜き、浩利は命じた。フィニッシュは正常位で、と最初から決めていた。息を乱しながらも「はい」とこたえ、美緒がベッドに横たわる。

「ああッ、深いッ」

摑み持った膝を割り開き、一気にペニスを捻じ入れると、美緒はガクンと喉を反らした。すぐさま「やさしくして」と、いつものフレーズが聞かれる。ストロークを弱めない代わりに、浩利は躰を密着させた。

ややあって美緒がキスを求めてきた。が、浩利はふと躊躇した。さっき口の中に射精しているからだ。かといって、このまま無視するわけにもいかない。

意を決して、浩利は唇を重ねた。気後れを排すべく、ディープキスを敢行して彼女の舌をまさぐった。ワンテンポ遅れて唾液とは異なる粘つきをおぼえる。

──これが精液の味か。

初めて口にしたそれは、よく言われるように苦みがあった。しかも舌ざわりが生ぬるい。にもかかわらず、さほど吐き気は催さなかった。こんなまずい体液を、美緒はうっとり飲んでくれた。それを想うと胸がジンとくる。

自ずと抽送するピッチが上がった。もう昂ぶりをセーブする必要はない。あとは本能の赴くままに昇り詰めるだけだ。

そんな想いが伝わったのか、薄く瞼を開いた美緒が、感涙を湛えた眼で見つめてきた。

「あなた……いっぱい出してください……そして、わたしを妊娠させて」

うなずいた浩利はラストスパートに入った。このうえない誘い文句に、しがみつく美緒の上で腰を振りたくった。そして──。

「ああッ！　駄目ッ！　イクッ！　イクうううううぅッ!!」

「僕もだッ！　でッ、出るッ!!」

互いのエクスタシーがまじりあった直後、緊縮するヴァギナの奥深くに、灼熱《しゃくねつ》の精をドッと噴き放った。

II

岸田総合病院・世田谷病棟の最上階は、風呂やトイレを完備した個室フロアになっている。一室あたり三〇平米以上あり、快適さは折り紙つきだった。中でも705から708までの四部屋は、群を抜いた居住性を誇る。インテリアにも贅が尽くされ、洗練された佇まいは一流ホテルのスイートルームを彷彿させた。

料金も破格だった。四室中、最もリーズナブルな部屋でも一日十五万はかかる。一週間で百万円超――。あまりに高額なため、利用者はかなり限定される。いわゆる『VIP』と呼ばれる人々で、入院中は高待遇が保証されていた。

そうしたVIP患者の中には岸田のスポンサーもいる。別の表現を用いるなら『看護師性奴化計画』の賛同者だ。都議会の重鎮。大企業の取締役。高級官僚。はたまたヤクザの組長。立場や職種は様々だが、いずれも好色家という点で一致している。岸田や菅沼と同じく、大半がサディストでもあった。

九月最後の金曜日、勤務を終了した岸田はVIPルームのひとつを利用した。私的に病室を使えるのは、岸田が『院長の息子』であるからにほかならない。ただし規律違反である以上、あからさまな行動は差し控えた。それは菅沼をはじめ、計画に加担する面々にも徹底させている。とくに入退室の際は細心の注意を呼びかけた。見咎められても騒がれないよう根回しはしてあるが、警戒するに越したことはない。

この日、岸田が選んだのは宮本冴子《みやもとさえこ》だった。主任看護師の冴子は、美緒夫人と同じ二十八歳、ナース歴は十年を数え、中堅のエースと目されている。性格はいたって真面目、それでいてモデル顔負けの美人であることから『世田谷のクールビューティー』とも讃《たた》えられていた。その通り名に恥じず、とにかく冷静さが際立つ。当然のごとく潔癖でもあった。が、それも勤務中にかぎってのことだ。

ひとたび肉欲に溺れると、冴子はとことん乱れる。その変貌ぶりは二重人格ではないかと疑いたくなるほどだ。日頃の抑圧が一気に弾けるのかもしれない。あるいは潜在的なセックス願望がそうさせるのか。ともあれ『性奴』としても並外れた逸材であった。

冴子をVIPルームに招き入れると、岸田は全裸に剝いた。そして首と手足に革枷を嵌めた。この五点セットは、いわば性奴のコスチュームだ。使用する、しないに関係なく『主人』に仕える際には必ず装着させている。

一通り調教を施した冴子は、ことのほか従順に仕上がった。堅い女ゆえ堕とすのは難しい。そんな先入観から、手塩にかけて被虐の悦びを教え込んだのだ。やがて開花したマゾ性は、性奴随一といっても過言ではなかった。

が、未だ意に沿わないこともある。今夜はとくに頑なだった。涙ながらに『それだけは勘弁してください』と慈悲を乞うばかりで。

世田谷病棟のアイドル、大滝萌を性奴に仕立てるべく、冴子にはサポートを命じていた。仕事ができ、リーダーシップのある彼女のことを萌は尊敬している。その憧れようは『崇拝』と称したほうが適切かもしれない。さらに言うなら恋心のような想いもちらつかせた。そこに岸田は目をつけたのだ。

果たして、漁色家としての読みに狂いはなかった。飲みに誘った帰り、戯れに冴子がキスを迫ると、萌はうっとり眼を閉じたという。

そこで岸田は次の指令を出した。萌とレズ関係になれ、と。

しかし冴子は首を振った。かわいい後輩に自分と同じ道を歩ませたくない、と泣いて拒否した。あまつさえ「和之さまは鬼です」と岸田をなじった。

いかにも冴子らしいと思う。この正義感の強さも彼女の魅力のひとつだ。とはいえ感心する場面ではなかった。反抗するなど性奴にあるまじきことだ。

岸田は罰を与えた。女が忌み嫌う浣腸責めにかけた。しかも勝手に排泄できぬよう、アナルプラグで栓までして。

効果は覿面《てきめん》だった。冴子は「ああッ」「お腹がいたい」とスレンダーな躰をくねらせ、たちまち脂汗にまみれた。それでも手心は加えず、ソファに座った岸田はフェラチオを命じた。泣く泣くペニスに舌を這わせながら、彼女はいっそう身悶えた。

「どうだ？　命令に従う気になったか」

頃合いをみて声をかけると、そそり立つペニスを咥えたまま冴子はイヤイヤをした。思わず苦笑がこぼれる。これくらい強情でないと嬲り甲斐がない。どこまで我慢できるか。いつもより高濃度にしてあるので、リミットはあと十分とみた。

予想は的中した。最前の問いを繰り返すや、冴子は「はい」とうなずいた。そして緊張の糸を切らして号泣しだした。クールな彼女とは別人のように。

「おねがいです……う、ウンチを……」

上体を捩り、冴子は涙声で哀願した。凜々《りり》しい顔は苦悶に歪んでいる。下腹部がグルルッと不気味に鳴るのにあわせ、雪白の肌がサッと粟立った。

「よし、尿瓶《しびん》を取ってこい」

淡泊に告げると、冴子は恨めしげな眼をした。だが『いやです』とは言わない。トイレに行かせてくれと懇願することもなかった。望みが叶わないことを身に沁みて理解しているからだ。実際、浣腸時にトイレを使わせたことはなかった。

「……かしこまりました」

声を震わせ、冴子が立ち上がった。両手で腹を抱え、よろよろと足を進める。

彼女が歩み寄る先には大型の金庫があった。表向きは貴重品入れで通しているが、中にはSM器具が収納されている。VIPの嗜好に応え、そのバリエーションは三十品目に及んだ。鞭やロウソク、麻縄といった基本アイテムはもとより、肛門鏡やクスコなど医療器具もラインナップされている。種類やサイズも豊富だった。たとえばガラス浣腸器は四タイプ、バイブに至っては二十本近く取り揃えていた。

「よこせ」

ソファを下りた岸田は、ふらつく冴子から尿瓶を受け取った。把手の部分を摑み、四つん這いになるよう命じる。はい、と彼女はこたえ、おずおずと指示に従った。

「おねがいです、早くウンチを――」

床に手と膝をつくと、冴子は泣き濡れた眼をよこした。岸田に向けた尻も、催促するように揺すられる。その滑稽なさまは、何度見ても飽きなかった。

「だったら、いつものセリフを言え」

にわかに笑みを払い、岸田はすげなく命じた。一瞬、ためらいを覗かせたものの、冴子は「わかりました」と擦れた声でこたえた。

「……どうか、憐れな牝犬に……く、クソをさせてください……臭くて、汚らわしいクソを……ブリブリ、出させてください……」

訥々と述べると、冴子は「あぁ」と身を揉んだ。岸田はしたり顔をほころばせ、肛門に捻じ込んだアナルプラグを外しにかかった。

「ああッ、出ちゃう！」

「遠慮なくヒリ出すがいい」

ゆるゆるプラグを引き抜くと、寸時の空白を挟み、ヒクつく窄まりがムクムク迫り出した。そして尿瓶をあてがうなり、ぬめる蕾が捲れ返った。

「いやああッ！　見ないでください！　見ちゃいやッ！　いやあああああッ!!」

褐色の奔流が底を叩くや、冴子が喉を絞った。彼女にかぎらず、性奴はみな排泄姿を晒すと同じ哀訴を噴きこぼす。それは何度やっても変わらない。すなわち決して慣れはしないということだ。血を吐くような嫌がりようは、嗜虐者にとって最高のオードブルだった。

「おねがいッ！　止まって！　出ちゃ駄目ッ！」

じきに水流が衰え、濡れそぼる蕾がさらに膨らんだ。そこから飛び出した焦げ茶色のかたまりは、岸田が持つ尿瓶にボトン、ボトンと滑り落ちた。そのたびに「見ないで！」「見ては駄目ッ！」とクールビューティーが泣き喚く。セミロングの髪もバサバサ振り乱され、ドス黒い興奮を煽り立てた。

「どうだ？　すっきりしたか」

肛門が引っ込むのを見て、岸田は問うた。冴子は啜り泣きながら「はい」とこたえた。ここで返事しなければ、また浣腸される。その恐怖から、性奴のたしなみに則《のっと》って「ありがとうございました」と礼も言った。

「トイレに流してこい」

にべもなく告げ、岸田はソファに座り直した。冴子はしゃくり上げながら尿瓶とアナルプラグを摑んだ。意地とプライドを完膚なきまでに打ち砕かれ、トイレに向かう後ろ姿は見るからに悄然《しょうぜん》としていた。

それから四、五分経《た》って冴子は戻ってきた。目許がだいぶ赤い。

「ここに座れ」

自分の腿を叩き、岸田は言った。はい、と冴子はこたえ、そっと腰を下ろした。縊れた腰を抱き寄せると、彼女も首に手を回してきた。

「トイレでまたベソをかいていたのか」

「だって、あんなひどいことをされたら……」

しなだれた冴子は、すねた口調で言い訳をした。マゾに目覚めた性奴には『飴と鞭』が効果的だ。つらい目に遭わせた分、次はやさしく扱う。そんなスタイルを熟知しているからだろう、彼女はしっとり甘えかかった。

「その『ひどいこと』は、なぜされた？」

「わたしが、和之さまのおっしゃることに逆らったからです」

「ではあらためて訊く。協力してくれるな？」

ひとたび俯き、冴子は「はい」と首肯した。岸田は『よろしい』と眼でうなずき、彼女の腰を一撫でして「後ろ向きに俺を跨げ」と命じた。すさまじい排泄シーンを目の当たりにして以降、ペニスは萎えることなく怒張していた。

「自分でケツの穴に入れてみろ」

「そんな――」

足を跨いだ冴子がサッと振り返った。が、驚愕はすぐに諦めへと変わる。彼女はガニ股のポーズを取り、股下に伸ばした手で屹立するペニスを摑んだ。そして前後左右にヒップをくねらせ、熱く潤んだアナルに猛った亀頭をあてがった。

「んんッ！　んあああああッ‼」

ゆっくり腰を沈め、自らペニスを導き入れると、冴子は生臭く呻いた。腰を支える岸田の手に、肛交のわななきが伝わる。それでも挿入はスムーズにいった。野太いプラグが肉の輪を馴染ませていたからだ。とはいえ弛《ゆる》んではいない。むしろ彼女のアナルは締めつけが強かった。その心地よい緊縮感は、美緒夫人のそれを想起させた。

──久しぶりに逢ったせいかな。

夫人は昼過ぎ、診察に訪れていた。岸田が妊娠を告げると、彼女はホッと安堵した。愛する夫の子を身ごもったと信じきって。

冴子の胸に手をやり、岸田はDカップの乳房を揉みしだいた。ペニスを呑んだ尻をうねらせ、冴子が「ああッ」と鼻声でよがる。乳首をキュッと摘み上げると、そこに装着されたリングピアスが指にふれた。クリトリスの根元にも、それより小ぶりのピアスが嵌められている。この三つのピアスは、性奴の誓いを立てた証《あかし》だった。

──いずれは美緒夫人にも……。

そのときの光景を思い浮かべ、岸田はニヤリと嗤った。そして乳首とクリトリスを責め嬲りながら、ねとつくアナルを荒々しく突き上げた。

12

十月下旬にしては、あたたかい日だった。昼下がりの陽射しが満ちるなか、紅茶を淹《い》れた美緒はダイニングテーブルで一息ついた。ここ最近、ずっとお祝い続きだったこともあり、いつになく心がやわらぐ。

美緒のお腹《なか》には新たな命が宿っていた。その事実が判明したのは、いまから三週間前のことだ。妊娠カレンダーを逆算すると、浩利がヨーロッパ出張から帰った直後に受胎したことになる。まさしく夫婦の希望どおりに。

ただし、初めは半信半疑だった。前回も生理が遅れたからだ。あのときは妊娠検査を受けた当日の夜に生理が来た。翌朝それを知り、美緒はつい涙をこぼした。夫以外の子を身ごもっていなくてよかった、と。

生理周期が乱れたのは、やはり心的ストレスが原因だったのかもしれない。明日香と夕食を摂ったあと、不思議なくらい熟睡できたせいか、ナプキンに付着した『月のモノ』は普段より色鮮やかに見えた。

ともあれ、生理が来なくても即妊娠とは考えなかった。十日の見極め期間を設け、それから岸田先生のところへ赴いた。結果、おめでたを告げられ、ようやく妊娠したことを実感したのだった。

家族もたいへん喜んでくれた。実家の両親。兄夫婦。そして夫と義理の娘――。

とりわけ浩利は歓喜した。妊娠したことを羞じらいながら報せると、そばに明日香がいたにもかかわらず、破顔して抱きついてきた。そして『絶対に男の子だ』と決めつけ、リビングで小躍りした。

それ以来、結婚当初にも増して彼はやさしくなった。相変わらず仕事人間ではあったが、たまの休日にはスーパーへ買い出しに行ったり、進んで掃除をしてくれた。明日香とふたりのときはよく作ったものだと、キッチンに立ったこともあった。

そんな気の遣いようは、夜の生活にも変化をもたらした。もし万一のことがあったら、と性行為をセーブするようになったのだ。岸田先生には『躰に負担をかけないかぎり、妊娠中もセックスしてかまわない』と教えられている。だが浩利は「来春までの辛抱だから」と胎児の安全を最優先した。

自ずとベッドでのまじわりは愛撫のみとなった。美緒も手で、あるいは口で、夫の欲望を解き放った。そうしたソフトな睦《むつ》みあいも悪くはない。ただ、開発された肉体がエクスタシーを渇望し、心密かに『もっと激しく愛されたい』と願ったことも一度ならずあった。

紅茶を飲み終えたとき、チャイムが鳴った。インターホンを取り上げると、モニターに郵便配達員の姿が映った。浩利宛てに書留が届いているという。美緒は「中へどうぞ」と応じ、門扉のセキュリティを解除した。

書留以外にも封筒やダイレクトメールが届いていた。それらを玄関ポーチで受け取り、外に出たついでに門扉脇のポストも覗いてみた。そこにも通販カタログや投げ込みチラシなどが投函されていた。

リビングに戻ると、重ね持った郵便物を宛名別に振り分けた。美緒にも三通の封書が届いていた。ひとつは大学OB会からの案内で、もうひとつはキャビンアテンダントの同期生がよこしたものだった。しかし三通目がわからない。ありきたりな洋封筒には『永瀬美緒様』と宛名のみ記されていた。切手も貼られておらず、裏面は真っ白だった。

――いったい誰だろう？

不審を募らせつつ、美緒は封を切った。中には白無地のディスクが入っていた。どうやらDVDのようだ。ビニール製のケースには細長いラベルが貼られていた。見るとURLが印字されている。さらに数字とアルファベットの組み合わせが併記されていた。おそらくパスワードの類だろう。

――なんだか気味が悪い。

手にしたディスクをつぶさに見て、美緒はますます訝った。このまま廃棄してしまう考えが頭をもたげる。その一方で、なにかメッセージが込められている気もした。

迷った末、コーナーに足を向けた。間仕切りを兼ねたキッチンカウンターには自分専用のノートパソコンが置いてある。動画ソフトを立ち上げると、届いたディスクを再生した。

一瞬ノイズが走り、映像が映し出された。それを観て、美緒は息を呑んだ。マウスを握った手がわなわな慄えだす。

液晶画面の中央には、全裸の女が映っていた。女はカーペットに跪き、下半身を剥き出しにした男ふたりに両サイドを挟まれていた。その女とは——ほかでもない自分自身だ。

——これはあのときの！

惑乱する脳裏に、別荘での凌辱劇が甦った。おののく視線の先で、屈辱に顔を歪めた女が涙ながらに平伏す。そこで我に返った。マウスを握り直し、スピーカーから「わたくし、永瀬美緒は——」と擦れた声が届いたところで再生をストップさせた。そして反射的に窓辺へ寄った。レイプに及んだ例のふたり、カズとリッキーが外から窺っている気がしたのだ。慌てふためくさまを嘲笑い、マスクに縁取られた口許をニヤつかせて……。

しかしそれは、不安が生んだ妄想だった。生垣の先にも、門の前にも、怪しい気配はない。だからといって人心地つけるはずもなく、髪を掻き上げた美緒はソファに腰を落とした。

——またわたしたちを弄ぼうというの？

あのＤＶＤを脅しの材料にしようとしているのは明白だった。

ここは警察へ行くべきなのか？　浩利にも洗い浚《ざら》い打ち明けるべきなのか？

美緒は『いや』と首を振った。辱められたのは自分ひとりではない。明日香もいるのだ。

マスコミに嗅ぎつけられたら格好のワイドショーネタにされてしまう。凌辱のかぎりを尽くされた、かわいそうな母娘として……。

美緒は頭を抱えた。しかし考えれば考えるほど混乱するばかりだった。

と、リビングの扉がふいに開いた。美緒は眦を裂いてソファから跳び上がった。戸口に立った明日香も眼を丸くする。帰宅した直後らしく、彼女はセーラー服姿だった。

「ああアッちゃん、おかえりなさい」

「うん、ただいま」明日香は生返事して、探る眼を投げかけてきた。「どうしたの？　なんだかビックリ仰天したみたいだけど」

「ちょっと考え事を、ね」

引き攣った笑みを浮かべ、美緒は適当な言い訳をした。明日香は「ふーん」と鼻で応え、スカートを翻して二階へ上がっていった。

——アッちゃんにも話したほうが……。

ソファに腰掛けると、ふたたび思い悩んだ。しかし結論はいっこうに出ない。それで意味もなく立ち上がったとき、どこからか悲鳴が届いた。

——いまのはアッちゃんの声だ。

リビングを飛び出した美緒は、駆け足で階段を上がった。

「アッちゃん、なんかあったの⁉」

ノックして声をかけ、横顔をドアに寄せた。かすかに泣き声がする。美緒は「アッちゃん、入るわよ」と告げてドアを開けた。

明日香の姿は部屋の隅にあった。セーラー服のままベッドに突っ伏している。彼女はなぜ泣いているのか。部屋の中を見回し、ハッと眼を瞠った。机上のノートパソコンが起動しており、泣きながらペニスをしゃぶる女——全裸で跪く美緒の姿がモニターに映っていた。

「なんでこのビデオが⁉」

我知らず口走り、美緒はパソコンに飛びついた。もぎ取るようにマウスを摑み、慌しく再生をストップさせる。

気がつくとパソコンそのものもシャットダウンさせていた。それでも瞳を射貫いた凌辱シーンは瞼にくっきり残った。

明日香の嗚咽が弱まったところで、美緒はベッドに腰掛けた。彼女も躰を起こし、泣き濡れた眼で見つめてくる。その面差しから、本来の気の強さは窺えなかった。

「ねえアッちゃん、あのビデオはどこで？」

「友達から渡されたの」努めてやさしく尋ねると、明日香はか細い声でこたえた。「学校の前で、男の人に頼まれたって」

その『男の人』とはカズもしくはリッキーだろう。連中はこの家の住所のみならず、明日香が通う学校のことまで調べていたのだ。ふたりの周到さに、美緒は寒気をおぼえた。

と、不安を煽るように電話が鳴りだした。二階の電話は階段の横にある。廊下に出た美緒は、強張る手で受話器を取り上げた。

「やあ美緒夫人。お久しぶり」

果たして相手はカズだった。怒りと恐怖がないまぜになり、美緒はブルブル慄えた。それを知ってか、カズが笑い声で続ける。

「想い出のビデオ、もうご覧になられた？」

「いったいなにが狙いなんです？」人を食った揶揄に、ようやく言葉が口を衝いた。「あんないかがわしいものを送りつけてきて！」

「いい感じに撮れてるだろ？　あれ、動画サイトにもアップしておいたよ」

「なんですって⁉」

「いまごろ変態どもが狂喜しているだろうね」さも愉しげにカズが笑った。「というのは冗談で、パスワードを入力しないと観られないようにしてある。ケースに帯状のシールが貼ってあっただろ？　あれに書かれたＵＲＬにアクセスして、所定の欄にパスワードを打ち込めば、美緒夫人も確認できるよ」

「そのパスワードは、わたし以外には……」

「教えていない。現時点では」

「どういう意味です？」

「俺らに逆らったら、パスワードも公開するってことさ」

美緒は絶句した。いとわしいビデオが全国に、いや世界中に配信される。その結果、知り合いの眼にもしふれたら……。可能性はゼロではない。なにより姓名を明かしているのだ。誰かに問い詰められても『他人の空似』と言い逃れることはできなかった。

「お金ならお支払いします」

縋る声音で美緒は言った。悔しいがほかに手立てはない。が、切なる提案は「せっかくだが辞退する」という冷めた一言をもって却下された。

「美緒夫人はもっと魅力的なものを持ってるじゃないか。それを差し出すんだ」

「……『魅力的なもの』って……」

「そのナイスバディに決まってるだろ」苦笑まじりにカズがこたえた。「とりあえず、あと五、六分したら『ツレ』がふたり訪ねていく。こないだ俺らを愉しませたみたいに、手厚くもてなしてやってくれよ」

「そんなの無理です！　もうじき主人が帰ってきます」

美緒は咄嗟に嘘をついた。すると鼻で嗤う息遣いが聞こえた。

「旦那さんは出張中だろ。来週の水曜まで」

ふたたび愕然とさせられた。まさか浩利のスケジュールまで把握していようとは。背筋に冷や汗が滲んだ。手足を絡め取られた気分だった。

「もう一度警告しておくが、下手な小細工はするなよ。世の中のすけべ連中に、恥ずかしい姿を観られたくなかったら」

冷淡に告げ、カズが通話を切り上げた。そっと受話器を戻しても、美緒はしばらく電話の前から離れることができなかった。

「ねえママ、いまの電話、もしかして……」

部屋から出てきた明日香がおずおずと訊いた。ここで曖昧《あいまい》に濁しても恐怖心を煽るだけだ。美緒は「ええ」とこたえ、会話の内容を簡潔に伝えた。

「ネットに晒すなんてひどい」話を訊き終えると、明日香が憤った。「友達とかに観られたら、あたしたち破滅じゃない」

美緒はうなずいた。「だから、いまは言うことを聞くしか……」

「いつまで続くの？　こんなことが」

悔しげに俯き、明日香が下唇を噛んだ。彼女の胸の裡は痛いほどわかる。とはいえ場当たりに慰めはしなかった。ここで気休めを口にしても無意味だ。美緒は「できるかぎりのことはするから」と請け負い、くれぐれも自棄《やけ》を起こさないよう言い含めた。

言葉がふと途切れたとき、家の外でクラクションが鳴った。タイミング的にカズの『ツレ』かもしれない。怯える明日香に『大丈夫』と眼で語りかけ、階段を下りた。

玄関のドアを開けると、門扉の先に白いワンボックスが停まっていた。ウインドウが反射してドライバーの姿は窺えないが、予感はやはり的中したようだ。催促するようなリズムで再度クラクションが鳴らされた。

美緒はセキュリティパネルを操作し、車庫のシャッターを開けた。こうなった以上、覚悟を固めるよりほかなかった。

胸の鼓動が高鳴るなか、じきに玄関ドアが開かれた。ぬっと黒い影が入ってくる。正面に立ったカズの『ツレ』を見て、「ひッ」と喉が鳴った。

――そんな……そんな……。

驚愕に眼を剝き、美緒は口許を押さえた。腰が引け、とたんに膝が笑いだす。対峙する男たちは、それほどまでに圧倒的だった。

――まさか黒人だったなんて……。

身長はともに一九〇センチを超えていた。廊下と玄関のタイルは脛《すね》丈の差があるのに、サングラスに覆われた目の位置は美緒のそれより高い。肉付きもすさまじかった。はだけたシャツに包まれた上半身は、ヘビー級のボクサーさながらに隆々としていた。

——このふたり、もしかして……。

啞然と立ち竦《すく》んでいるうち、美緒はふと既視感をおぼえた。以前、どこかで逢っているような気がするのだ。しかし思い起こしたかぎりでは、それらしい記憶に行き当たらなかった。

「ハーイ、こんにちは」

親しげに挨拶され、美緒は我に返った。分厚い唇をくつろげ、ふたりはニッと笑っている。そんな余裕ある態度に、総身が凍りついた。

と、ふたりの顔がわずかに上向いた。つられて美緒も背後を振り返った。

階段の真ん中に明日香が立っていた。予想外の来訪者に、彼女も眼を丸くしている。

「オー、かわいいねー」

「ハロー。オジャマしまーす」

怖じ気づく明日香をよそに、ふたりは陽気な声を発した。その屈託のない響きが、かえって危機感を募らせた。

「アッちゃん！　こっちに来ちゃ駄目！」

部屋に戻るよう命じる声は、自ずと鋭利になった。明日香は「うん」と小声でうなずき、心配げな眼をよこしつつ踵を返した。

「オクサン、上がりますよー」

声に顧みると、男たちがシューズを脱いでいた。送られてきたＤＶＤのことが念頭にあるので『帰ってください』とは言えない。

上がり框《かまち》に立ったふたりは、ぐるりと廊下を見渡した。胸元から漂う体臭はきつく、思わず噎せそうになる。コロンの香りがまた毒々しかった。

「ベッドルームは二階でしょ？」

沈黙を破り、片割れが天井を指差した。その意図を察し、美緒はカッと眦を裂いた。このふたりは夫婦の寝室で事に及ぼうとしているのだ。

「待ってください！」

咄嗟に叫び、足を踏み出した男たちの前へ廻った。たとえ我が身を穢されても、神聖な閨房は守らなければならない。ふたりを従え二階に上がると手近なドアを開いた。

そこは来客用の洋間だった。カーテンを引いた窓の下にはセミダブルのベッドが並んでいる。整理簞笥《だんす》やクローゼットも備えているので、寝室と称してもまず疑われないだろう。

だが、目論見はあっさり外れた。

「オクサン、騙しちゃダメ。嘘、よくない」

憮然と言い、男たちが退室しかけた。その袖をサッと摑み、美緒は「おねがいです」と縋りついた。この部屋で我慢してください、と。

下手に出る自分が情けなく、あまりの理不尽さに悔し涙があふれた。それでも繰り返し翻意を求めた。しかし悲哀まじりの懇願はすげなく退けられた。

「ベッドルームはどこ？」

自分で探す考えだろう、ふたりが背を向けた。ドスドスと廊下を踏み鳴らす先には明日香の部屋がある。もはや次の策を練る余裕はなかった。

「わかりました！　ベッドルームへ案内します！」

行く手を遮り、両手で巨体を押し留めた。胸の中で『あなた、ごめんなさい』と浩利に詫び、ニッと歯を剝く男たちを先導した。

「そう、ここがベッドルーム」

寝室をぐるりと見回し、ふたりは満足げにつぶやいた。そして立ち竦む美緒の手を引き、ひとりが羽交い締めにした。抗う間もなく顔を上向けられる。

「んむうううぅッ！」

乱暴に唇を奪われ、美緒は眼を剝いた。躰を抱える丸太のような腕を摑み、くぐもった悲鳴を噴き放った。しかし、どんなにもがいても戒めから逃れることはできなかった。

――こんなのひどい。

喉の奥で呻き、美緒はボロボロ涙をこぼした。それにかまわず口の周りをしゃにむに舐められた。軟体動物のような舌はとてつもなく長大で、生あたたかい感触はもとより、べとつく唾の臭いにも吐き気をおぼえた。

「オクサン、口を開けて」

ひとたび唇を離し、男が言った。下顎を摑まれたまま、美緒はイヤイヤをした。すると野太い指で頰を鷲摑みにされた。それこそ容赦ない力で。

抗いは十秒と続かなかった。湧き上がる諦念に促され、美緒はふっと脱力した。間髪入れず肉厚の舌が分け入ってきた。男はピチャピチャ、ジュルジュルと淫靡な音を響かせ、暴力的なディープキスに耽った。

口内をねぶられている間、もうひとりの男がシャツとズボンを手早く脱いだ。涙で霞む視界のなか、ブロンズ像のような肉体がぼんやりと映る。絶望感がいや増し、泣き濡れた眼に新たな涙があふれた。

「今度はボクね」

ブリーフ一枚になった片割れが言い、ふたりがポジションを変えた。すぐさま下顎を摑まれ、無理やり口を塞がれる。ヌチャヌチャと舌がうごめき、美緒は「うッ」「むッ」と呻いた。ときに躰を捩りもした。だが男たちは意に介さない。

やがてワンピースに手がかかった。口内を貪りながらジッパーを下げ、ペチコートごと足下に落とす。美緒が『いや』『ゆるして』と身じろぐのも苦にせずストッキングも引き剝がした。そのさまをニヤニヤ眺めながら、向かいの男もブリーフ一枚になった。

揃ってキスを堪能すると、美緒はベッドに転がされた。上下に分かれた男たちが、あらためて手を伸ばしてくる。

「ああッ！　いやあああッ!!」

ふたつの巨体に躙り寄られ、美緒はベッドを下りようとした。だが、いともたやすく組み伏せられてしまう。勝ち誇った男たちは力任せにブラジャーを外し、引き千切る勢いでショーツも毟り取った。

「いやあああああああッ!!」

かつてない恐怖に、美緒は泣き喚いた。歪めた顔を振りたくり、身も世もなく手足をばたつかせた。しかし凌辱はやまない。男たちはゲラゲラ嗤いながら、さらに巨体を被せてきた。

「おねがい！　ゆるして！」

両膝をぐいと摑まれ、美緒は涙声を噴き放った。それを合図に、ゆっくり股間が割り裂かれてゆく。必死に躰を揺さぶっても、両肩を押さえる片割れの腕はビクともしなかった。結果、俗に言う『M字開脚』のポーズで裸身をホールドされた。

「こんな恰好いやッ！」

「オクサンのオマンコ、とってもキレイね」

「ああッ、見ないで！　おねがいッ、見ちゃいやあああッ‼」

美緒は泣き顔を打ち振るった。屈曲させられた足をバタバタ跳ね上げ、なんとか股を閉じようとした。が、男たちは下品にはしゃぐばかりだ。

「んああああッ！」

陰部にむしゃぶりつかれ、美緒は腰を仰け反らせた。長い舌がベロリと性器を舐めさする。荒い鼻息に飾り毛がそよぎ、胸裡を蝕む不快感に拍車をかけた。

「やめてくださいッ……いやッ……いやあああッ！」

美緒は裸身を捩り立てた。ケダモノに犯される恐怖に、繰り返し悲鳴をしぶかせた。その叫びに高らかな嘲笑がまぜあわさる。

「オクサン、いっぱいエンジョイしようね」

片手で美緒を押さえながら、頭側の男が中腰になった。どうやらブリーフを脱いでいるようだが、そちらを窺うことはできない。タイミングを計ったように、ねとつく舌がヴァギナに挿入されたからだ。

「くううううッ！」

意思に反して腰が躍った。レロッ、ズリュッと粘膜をねぶられるたび、甘い電流が背筋を駆け上った。たちまち脳裏がピンク色にぼやけてゆく。

だがそれも束の間のことだった。喘ぐ唇に熱気を感じ、それが脈打つペニスだと気づくや、汗ばむ躰がわなわな慄えだした。

――まさか、ここまで大きいなんて……。

体格からして、かなりのサイズだろうと予想はしていた。しかし突きつけられたペニスは想像を遥かに凌ぐ。まだ半勃ち状態なのに、長さは二〇センチ近くあった。胴回りも五センチを超えている。コーヒーブラックの表皮にはミミズのような血管がまだらに浮き、見た目もグロテスクきわまりなかった。

「オクサン、ペロペロしてよ」

「いやッ、無理です！」

言下に拒絶し、美緒は顔を背けた。だがグローブのような手でこめかみを摑まれ、難なく戻されてしまう。それでも抗っていると思いきり鼻を摘まれ、苦しさと惨めさに喘いだ瞬間、生臭いペニスを力ずくで頰張らされた。

「オー、オクサンの口、ベリーナイス！」

男は嗤い、美緒の頭を片手で抱えた。そして自分の腿に載せ上げると、やおら揺すりだした。いきおい喉を塞がれ、カッと眦を裂く。その拍子に、大粒の涙が頰を伝った。

「むふッ……うげッ……あふッ……」

喉を抉るストロークに、絶え間なく苦鳴がほとばしった。欲望を剝き出しにしたイラマチオは拷問と称したほうがふさわしい。美緒は『おねがい』『ゆるして』と心の中で泣き叫んだ。しかし責め手は緩まない。あまつさえ乳房を鷲摑みにされ、乱雑に揉まれた。相前後してクンニリングスも激しさを増す。

「んむううううぅッ!!」

敏感な突起を吸い上げられ、美緒はビクンと反り返った。甘噛みされ、レロレロ舌で転がされると、膨らんだ小鼻から熱い喘ぎを噴きこぼした。ペニスを吞んだ息苦しさも加わり、顔全体がカッカと火照りだす。

──そんなッ、そこは!?

ぬめる舌が会陰を下り、ふたたび裸身が跳ね上がった。まさかお尻の穴まで舐められようとは。初めて知る妖しい感触に、美緒は『やめて』『気持ち悪い』と腰をくねらせた。だが肛門嬲りは止まらない。むしろ凌辱者たちを喜ばせる一方だった。

「んぐッ……おごッ……げふッ……」

自ずと咥えたペニスも凶暴に育ち上がった。長さは三〇センチに迫り、いまやその半分が口からあふれている。太さも二回り以上アップしていた。それでも突き入れてくるため、両手で根元を握ってストッパー代わりにした。でないと息ができない。このままでは口が裂けてしまう。そんな恐れもあった。

──もうゆるして……。

やがて意識が朦朧《もうろう》としだした。と、心の訴えが届いたかのように、口からペニスが引き抜かれた。おぞましい舌遣いが遠ざかり、M字に開かれた足も自由になる。

美緒は寝返りを打ち、肩で息をした。が、荒い呼吸を整える間もなく、ポジションを変えたふたりに同じポーズで押さえつけられた。

「おねがいです、少し休ませて……」

ギラつく男たちを見つめ、美緒は涙声で哀願した。それに対する返事は「ノー」の一言だった。再度『おねがいです』と言おうとした口に、にべもなくペニスが突き入れられる。ほぼ同時にクンニリングスも再開された。

──ああッ、苦しい。

二本目のペニスも甚大だった。喉奥まで抉るにつれ、雄々しく張り詰めてゆく。ともすれば顎が外れそうだった。伸びきった口角もピリピリ痛む。

そこへ下半身の刺激が溶けあわさり、脳内がまた混濁しだした。クリトリスを吸い上げられ、乳首をしごき立てられ、認めたくはないが肉体がとろけつつある。痛痒《つうよう》感にも似たこの疼きはオルガスムスの兆しだ。レイプされた末にもし達してしまったら……。

しかし、そんな心配は杞憂《きゆう》に終わった。

「オクサン、リラックスね」

口からペニスを引き抜くや、足側へ廻った男が力を抜くよう指示した。美緒は頭をもたげ、股間を見やった。とたんに恍惚感が消え失せる。

美緒の膝を押し開き、男が挿入体勢に入っていた。狙い定めるペニスは、さながらビール瓶のようだ。込み上げる恐怖に「ひッ」と喉が鳴り、脂汗が滲んだ肌に戦慄が走った。

「おねがい！　それだけはゆるしてッ！」

甲高く叫び、咄嗟に跳ね起きようとした。だが、両肩を摑んだ片割れに身動きを封じられてしまう。その隙を逃さず、猛り狂った尖端があてがわれた。

「いやです！　いやあぁッ！　そんなの無理です！」

「ダイジョブ。こないだは入ったから」

泣き喚く美緒をよそに、男がニヤリと嗤った。彼の言う『こないだ』とは、どういう意味か？　ますます不安にさせられる。しかし問い質す余裕はなかった。

「いやッ！　やめて！　いやああッ!!」

哀訴を噴き上げ、美緒はもがいた。必死に腰をうねらせ、迫る矛先を躱《かわ》そうとした。だが肉の凶器はジリジリ突き進んでくる。その圧力はすさまじく、まるで握り拳《こぶし》を捻じ込まれているかのようだ。

「オクサン、リラックスしないと駄目ね」

この苦痛をやわらげるには、もはや言うことを聞くしかなかった。美緒は抵抗をやめ、フウッ、フウッと深呼吸をはじめた。

「そう、その調子」

ニッと歯を剝き、男が腰を進めた。ヴァギナの入口がひしゃげ、かつてないほど拡張されているのがわかる。美緒は「くうぅ」「いたいッ」と顔をしかめた。繰り返し呻きながら、強張りを解くことに努めた。

と、ぬめる亀頭がズボッと分け入ってきた。

「んぎいいいいいぃッ!!」

下腹部で火花が散り、背骨を駆け上がった。脳髄がスパークし、瞼の裏に閃光が走った。

「あぁッ……き、きつい……」

ひとつ息を継ぎ、男がペニスを捻じ入れだした。メリメリと肉洞がこじ開けられ、鈍痛が燃え拡がる。大袈裟ではなく身を裂かれる思いがした。せり上がる圧迫感に呼吸すらおぼつかない。一センチ侵犯されるごとに、美緒はハヒッ、ハヒッとはしたなく喘いだ。

「オクサン、入ったよ」

じきに嬉々とした声が聞こえた。片割れの手がうなじに回され、ぐいと持ち上げられる。

「ほら、見て」

命じられなくても結合するさまを凝視した。長大なペニスは間違いなく自分の躰を穿《うが》っている。ただし、ヴァギナに収まっているのは全体の半分くらいだった。捻じ込もうにも、子宮に当たってそれ以上は入らないからだ。根元のほうが露出している分、いかにも『串刺し』といった感があった。

「あぁ……抜いて……抜いてください」

かぶりを振り、美緒は弱音を吐きこぼした。あんなもので責め立てられたら、本当に躰が壊れてしまう。じっと向きあっているいまでさえつらいのだ。やにわに抜き挿しされることが、ひたすら恐ろしかった。

「んんッ、ふむううううッ！」

悪夢はすぐに現実となり、美緒はガクンと仰け反った。男の腰が離れるのにあわせ、ペニスがぬるりと後退《あとずさ》ってゆく。白光する脳裏に、膣壁をこそぐイメージがありありと浮かんだ。

「んあああッ……く、苦しい……」

「だったらリラックス」

わななく腰を押さえ、男がみたび力を抜くよう命じた。サングラスに覆われて見えないが、肉食動物のような眼をしているのが察せられる。あらためて恐怖心をおぼえ、無意識のうちに首肯していた。

「くッ、はあああああッ！」

抜ける寸前までペニスを引くと、男は一転、腰を沈めてきた。張り出したたエラが粘膜を擦り、肉洞がミシミシと軋みを上げる。最後はズンと子宮を叩かれ、苦鳴をしぶかせた美緒はシーツを掻き毟った。

「オクサンのオマンコ、とてもタイトね。すごく気持ちいいよ」

男はニヤつき、やおらストロークを開始した。腰の縊れを両手で摑み、重々しくペニスを繰り出してくる。怒張した尖端で子宮口を抉りもした。だが、美緒にできるのは生臭く呻くことだけだった。

「もう一回ペロペロして」

片割れが言い、喘ぐ唇にペニスを押しつけてきた。美緒は抗わず、丸く開いて口に含んだ。先ほどと同様、根元に指を絡める。

こちらのペニスも猛々しさを保っていた。ぬめった表皮がやたらと熱い。先走りのエキスは『牡』を感じさせた。しかし美緒はねぶり続けた。唾液をまぶし、唇と舌でしごき、しゃにむに愛撫した。いっそ狂ってしまいたい、と心に念じながら。

それが奏功したと言ってよいのか、やがて頭がクラクラしだした。あわせて苦痛も薄れてゆく。さらに意識がぼやけた頃、上下のペニスが引き抜かれた。

「オクサン、今度はドギースタイルね」

足下に廻った片割れが言い、美緒の躰を俯せにした。間を置かず腰を抱えられる。

「……おねがい……少し……休ませて……」

荒い吐息に背中を喘がせ、美緒は懇願した。だが、切なる願いは聞き容れられなかった。

「んあああああッ！」

両手でヒップを摑むや、ズブリと突き刺してきた。美緒は腰を反らし、グンと顎を突き出した。叫びを放った口に、もう一本のペニスが捻じ込まれる。

「あがッ……うぐッ……げほッ……」

ふたりは競うようにストロークをはじめた。美緒は眼を剝き、あふれる涙に頰を濡らした。しかし前後のペニスが楔となり、地獄の責め苦から逃れることはできない。

そのうちまた思考が鈍りだした。にわかに五感も麻痺する。

「オクサン、たっぷりエンジョイしようね」

「今日はセックスマラソン。一発じゃ終わらないよ」

痺れた頭蓋に、男たちの高笑いが響いた。だがもう、意味をなす言葉として理解できない。四つん這いで責められながら、美緒はまた『いっそ――』とつぶやいた。

いっそのこと、なにもかも忘れてしまいたい、と……。

13

豪奢な邸宅が立ち並ぶ高級住宅街の一角に永瀬家はある。午前中に電話を入れ、これから訪ねていくことは報せてあった。言いつけを守り、車庫のシャッターは上がっている。中には白いベンツが停まっていたが、あと一台分のスペースがあるので国産のミドルセダンを入れるのに問題はない。岸田はスピードを下げ、頭からセダンを突っ込んだ。

エンジンを切ると、例によって赤いマスクを装着した。助手席に座る菅沼も青いマスクで顔の上半分を隠す。いずれ素顔を晒す日も来るだろう。ただし、すべてを明らかにするのは美緒夫人を『牝奴隷』に堕としてからだ。それまでは素性を悟られぬよう、乗りつける車もレンタカーと決めていた。

車庫の隅にはスチール扉がある。そこを抜ければ門のほうへ廻らなくてすむ。人目につきたくない立場としては好都合だった。

リアシートから綿地のバッグを摑み、岸田はセダンを降りた。スチール扉をくぐり、飛び石の上を進む。玄関ポーチに立ち、チャイムを鳴らすと、すぐそこで待機していたかのようにドアが開いた。目立ちたくないのは一緒ということだろう。

「早く入ってください」

案にたがわず、美緒夫人は早口で告げた。あたりに眼をやる面持ちは、見るからにオドオドしている。岸田は軽く苦笑い、内側に躰を滑り込ませた。

菅沼と並んで靴を脱ぐと、迷わずリビングに向かった。依頼主からの情報により、この家の構造は隈なく把握している。

踏み入ったリビングは四〇畳くらいあった。南側はガラス窓で仕切られ、陽射しに映える空間はサロンの雰囲気を湛えている。天井も三メートル強とかなり高く、言い伝えられたとおり太い梁《はり》が渡されていた。

岸田はソファに座った。菅沼も隣に腰を下ろす。

そっとドアを閉めた夫人は、くつろぐ岸田たちを上目遣いに見やった。「お願いします。もう許してください」

縋るように哀願すると、彼女はそのまま俯いた。新婚らしいエプロン姿のため、儚げなさまがより際立つ。化粧でうまくカバーしているが、心労のあとも窺えた。それも当然だと思う。なにしろ精力絶倫のブラザーたちを相手にしたのだから。

詳細はことごとくエディから報されていた。だがここは本人に語らせたい。

「昨日は何発やった？」

いたって淡泊に尋ねると、顔を上げた夫人はかぶりを振った。恨めしげな瞳は、すでに潤みはじめている。かまわず『さっさと言え』と顎をしゃくった。

「……三回……ずつです……」

「つまりトータル六発犯《や》られたわけだな？」

頬を染め、夫人はまた俯いた。その消え入りたげな姿がサディスティックな心持ちに火をつける。岸田は「どうだ？　気持ちよかったか」と畳みかけた。

「それだけいやらしい躰をしてるんだ、相手が誰だろうと燃えないわけがない」

ああ、と夫人は嘆き、憐れっぽく見つめてきた。「後生です。もう見逃してください。お金なら好きなだけさしあげますから」

「あいにく俺らは物乞いじゃないんでね」

岸田は鼻で嗤い、傍らのバッグを開いた。中からビニールに包まれたスーツを摑み、これに着替えろ、と向かいのソファへ放る。怪訝に歩み寄り、手にしたスーツを認めるや、夫人は眼を瞠った。

「これは、どこで？」

驚いて確認するのも無理はなかった。渡したスーツは彼女が勤めていた航空会社の制服だ。キャビンアテンダントの制服はたいがい貸与品であり、退職時には返却する決まりになっている。だが、何事にも抜け道があるように、特殊ルートを使えば手に入れることは可能だった。その『裏技』をほのめかすと、夫人はゴクリと喉を鳴らした。

「あなた方は、いったい……」

「つまらん詮索はするな。美緒夫人はおとなしく言うことを聞いてりゃいいんだ」

「……これに着替えさせて、どうするつもりです？」

「それも愚問だな。今日はコスプレで愉しむとだけ教えておこう」

かつて憧憬を集めた恰好で嬲られると知り、夫人は下唇を嚙んだ。しかし抗っても無駄だと悟ったのだろう、拒絶はしない。代わりに怯えた眼を窓の外に流した。

「……あの……昨日のふたりは？」

仕事へ行くため、エディとボブは一旦引き上げている。今日はスタミナを回復させ、明日また訪ねてくる予定だった。そのことを伝えると、夫人は蒼白な顔を左右させた。

「おねがいです。もうあの人たちは来させないでください」と岸田は言った。「連中には借りがある

懊えるさまを見すえ、残念だがそれはできない、と岸田は言った。「連中には借りがあるんでね、いわば『種付け』の」

夫人は小首を傾げた。もの問いたげな双眸が『種付けとは？』と訊いている。しかし、いまここで真実を明かすつもりはなかった。この一言が不安の芽となれば充分だ。岸田は「それはそうと――」と話題を変えた。

「明日香もいるんだろ？　今日は土曜だから」

夫人はハッと身構えた。「お願いです、彼女には手を出さないでください」

「またアシスタントをさせるだけだ」岸田は笑い、腕時計を見た。「いまから三十分以内にそいつに着替えてこい。しっかりメイクもしろよ。あと、下着はセクシーなやつにな」

「せっかくだから、明日香も制服を着させたらどうだ？」

隣で菅沼が提案した。そうだな、と相槌を打ち、岸田は正面に向き直った。

「ということで、ふたりとも制服姿でここへ下りてこい」

いいな。わかったか――。冷ややかに念押しすると、夫人は「はい」と悔しげにうなずき、渡した制服を掻き抱いてリビングを出ていった。

「さて、俺らも準備しようか」

岸田は言い、立ち上がった。菅沼とふたりでソファをずらし、フロアの中央を広くする。空けた場所にダイニングテーブルを移動させると、天板の上に乗った。

「ロープとチェーンブロックを頼む」

はいよ、と菅沼はこたえ、バッグの中から指示したものを摑んだ。それを受け取り、ふたつに折ったロープを頭上の梁に回した。チェーンブロックを結びつけ、試しに体重をかけて引っ張ってみる。足を浮かして宙吊りになっても、ほどける気配はなかった。岸田は手をはたき、カーペットに下りた。

テーブルをもとに戻すと、菅沼と手分けして黒いシートを敷いた。このシートは三メートル四方あり、強度も優れている。爪で引っ掻いても破ける心配はなかった。

「あとはビデオだな」

菅沼の声に岸田は「ああ」と首肯した。バッグの中にはバイブやピンクローターをはじめ、様々な淫具が入っている。それらと一緒に撮影機材も三セット持ってきていた。

「アングルはどうする？」

「とりあえずシートの対角線上でいこう」即席のステージを眺め、岸田は言った。「後ろ側やアップで撮りたい箇所はハンディで対応すればいい」

そうだな、と同意し、菅沼が三脚を摑んだ。彼とは反対側のポジションで岸田もセッティングをはじめる。レンズの高さは床上一メートルで揃え、ピントは垂れた鎖にあわせた。すべて同一では芸がないので、倍率のみ差をつける。

セットを完了すると、ソファに戻って一服した。あとは『ヒロイン』を待つだけだ。といっても、ぎりぎりまで下りてこないだろう。

果たして、二本目のタバコを喫い終えたとき、静かにドアが開いた。リビングに入ってきたふたりを見て、岸田は「おお」と感嘆した。菅沼も同じ反応をする。

キャビンアテンダントの恰好をした美緒夫人は、つい見惚れてしまうほど美しかった。長い髪をシニョンにまとめ、整った容貌をより麗しく魅せている。首に巻いたスカーフも、シックないでたちを引き立たせた。めりはりの利いたメイクもいい。とりわけローズピンクの唇がセクシーだった。ただし、恥ずかしげに俯いているのはいただけない。見ると、躰もかすかにもじつかせていた。

一方、明日香はまったく動じていなかった。入ってくるなり岸田たちを睨み、唇をツンと尖らせている。そんな不貞腐れた顔も、類稀なる美少女なだけに魅力的だった。

「勝手にいじらないでよ」隅に寄せたソファを一瞥し、明日香が柳眉を逆立てた。「それに、あんな鎖まで吊るして」

「どうやらお気に召してもらえたようだな」

　さらりと罵声を受け流し、岸田は腰を上げた。その手に麻縄が握られているのを見て、女たちはハッと凍りついた。

「なにをする気？　まさか縛るんじゃないでしょうね？」

　その『まさか』さ、と岸田は笑った。「もっとも、縛るのは美緒夫人ひとりだが」

「やめてよ！　ママのお腹には赤ちゃんがいるんだから」

「なんだ、妊娠してたのか」

　ほう、と驚いてみせ、だったら身代わりになるかと訊いた。

「いけません！」

　今度は夫人が叫んだ。眼つきを一変させ、挑むように見つめてくる。その凜とした表情に、岸田はまたゾクゾクさせられた。

「縛るなら、わたしを……」

　さすが母親だ、と岸田は嗤い、もっとそばへ寄るよう命じた。おずおずと足を進め、美緒夫人がシートの際に立つ。相前後して手撮り用のビデオカメラを摑み、菅沼がレンズを這わせた。それを横目に夫人の背後へ廻り、まずは後手に縛りはじめた。

「じっとしていろ」

　両肘を直角に曲げ、重ねた腕を締め上げると、夫人が「いたい」と身じろぐのもかまわず、乳房の上下に縄をかけた。それぞれ三重に巻き、布地に食い込むほど緊縛する。自ずと美巨乳が絞り出され、むっちりジャケットを押し上げた。

「……ち、血が止まってしまいます……」

「そうならないように加減してある」

苦悶する夫人を尻目に、岸田はバッグを漁った。中から革のバンドと金属のパイプ、それに黒いパンプスを取って戻る。

「肩幅程度に足を開け」

冷淡に命じ、カーペットに片膝をついた。夫人がぎこちなく指示に従う。再度「じっとしていろ」と釘を刺し、黒いストッキングに包まれた膝にバンドを巻きつけた。

「次はこいつを履け」

岸田は言い、夫人の足下にパンプスを並べた。それを見るなり、彼女の眼が丸くなる。制服と同じく、このパンプスも裏ルートから仕入れた支給品、つまり本物だった。

「どうして靴を？」

「俺はディテールにこだわる性質《たち》でね。――わかったら、さっさと履け」

揺れる機内で用いるため、持参したパンプスは踵《かかと》が低かった。それでも両腕でバランスが取れないのは難儀ならしく、夫人は慎重に足を通した。

「よし、シートの真ん中まで行け」パイプを摑み、岸田は立ち上がった。「鎖を背負うようにして、躰はこっちに向けろ」

「どうするつもりです？」

「もちろん吊るすのさ」

意地悪く告げると、夫人は及び腰になった。しかし明日香のことが念頭にあるからだろう、儚げな溜息をもらし、重い足取りで指定した位置まで歩いた。

岸田もシートに乗り、彼女の裏へ廻って鎖を摑んだ。鎖の先端には鉤形のフックが取りつけてある。親指でロックを解き、縄の結び目にフックをかけた。

「……ああ……こんなのって……」

「嘆くのはまだ早い」

ほくそ笑んだ岸田は、無造作に鎖を引きはじめた。チェーンブロックの滑車がガラガラ回り、弛みが徐々になくなってゆく。じきに鈍く軋んで一直線になった。

「そんなッ、やめてください！」

ジャケットの裾をたくし上げ、スカートを脱がしにかかると、夫人は前へ逃げようとした。だが、鎖が伸びきり、その場で足踏みすることしかできない。身を捩ることもままならなかった。岸田は「往生際が悪いぞ」と嗤いかけ、ホックを外した。怯えと羞恥をたっぷり煽り、焦らしつけるようにスカートをずり下げた。

「ほう、Tバックか」

あらわになったショーツを見て、岸田はニヤついた。サイドの切れ込みも深く、滑らかな尻たぶが眼にまぶしい。思わず手を這わすと、夫人は「いやッ」と身悶えた。素直すぎる反応がまた笑いを誘う。

ひとしきりヒップを撫でつけ、彼女の前に屈んだ。手にしたパイプは長さ約五〇センチ、両端はカラビナ型のフックになっている。革バンドに装着されたDリングに引っかけ、伸びやかな足を大きく割り開いた。

「こんな恰好、いやッ!」

涙を滲ます夫人の姿は、正面に立つと『人』の字に見えた。憐れみを乞う半ベソ顔に、嗜虐心がいっそう燃え盛る。岸田は胸を昂ぶらせ、彼女のジャケットに腕を伸ばした。

「今度はなにを――」

「おっぱいが窮屈だろ? 楽にしてやる」

「……それって……いやですッ、やめてください!」

「遠慮するな」

嘲笑を深め、岸田はボタンに指をかけた。ふたたび「いやッ」「ゆるしてッ」と哀訴が噴き放たれる。吊られた躰もくなくな左右した。が、スカーフを摑み、顔を寄せて「暴れるな」と脅しつけると、洟を啜って抵抗をやめた。

恨めしげな視線をよそに、岸田はボタンを外していった。ジャケットに続き、ブラウスにも手をかける。全部のボタンを外すと前身頃をまとめて摑み、ぐいと引きはだけた。

「ああッ……いや……」

湿った叫びに、ピンクに染まった頰がわなないた。岸田は「いいざまだ」と追い討ちをかけ、鷲摑んだ着衣を二の腕と脇腹の間に挿し挟んだ。

「いきなり引ん剝くより、こっちのほうが興奮するな」半裸の躰をハンディに撮りつつ、菅沼がコメントした。「いかにも『これから調教される』って感じで」

そうだな、と岸田はうなずき、羞じらう美緒夫人をあらためて窺った。

ショーツと同じく、彼女は白いブラジャーを着けていた。レースに縁取られたHカップが一段とゴージャスに映える。フロントホックなのも好ましかった。

「さて、引導を渡すとするか」

「おねがいです、もうこれ以上は――」

最後まで言わせず、岸田はホックに指をかけた。カップが割れ、かたちのよい乳房がまろび出る。弾力もすばらしく、水風船のようにブルンとたわんだ。

「いやあああああッ！」

真っ赤な顔を打ち振り、夫人は泣き叫んだ。それにあわせて鎖がジャラジャラ鳴る。とはいえ戒めが緩むことはなかった。

彼女を縛る麻縄は、三メートルほど余らせていた。岸田は縄尻を掴み、肩口から躰の前に回した。胸の谷間をくぐらせ、バストに食い込んだ横縄に巻きつける。逆の肩から背中の結び目に戻し、同じ作業を繰り返すと、絞り出された乳房はますますボリュームを増した。

「あぁ……あなたたちはどこまで……」

「こんなのは序の口だ」

素っ気なく言い放ち、色づく乳首をキュッと摘んだ。

「いやッ！　抓《つね》らないで！」

「とか言って、ほんとは感じてんだろ？」ニヤついた岸田は、反対側もこねくった。「コリコリにおっ勃ってるし、乳輪も盛り上がってるじゃないか」

「だって、こんなふうに縛られたら……」

苦悶を浮かべ、夫人は切々と抗弁した。あくまで鬱血したのが原因だ、と。

彼女の言い分が正しいことは、岸田もむろん承知している。だが、すんなり認めては面白くない。乳房をいじくりながら「とんだ淫乱女だな」とか「見損なったよ」などと言い募り、かぶりを振る彼女の眼に悔し涙をあふれさせた。

「そろそろ次のプレイといくか」

極上の揉み心地を堪能し、岸田はソファに向かった。バッグを探り、ラベンダー色のバイブを摑み出す。左手にはリモコンを持った。

「いまからこいつで抉ってやる」

怯える夫人に、岸田はバイブを見せつけた。恐怖心をより煽るべくリモコンの電源ボタンを押す。鈍いモーター音を響かせ、幹の部分に埋め込まれた無数の粒が回転しだした。

「いやです……そんなもの入れないで……」

見開いた眼でバイブを凝視し、夫人は声を慄わせた。紅潮した頰も、にわかに蒼褪めてゆく。それも当然だった。いやらしい動作もさることながら、突きつけたバイブは太さが五センチ近くある。カリ首は威圧的に傘を開き、あたかも鏃《やじり》をイメージさせた。ただし、エディたちの巨根に比べればワンサイズ小さい。その点を指摘し、「だから咥え込めるはずだ」と笑顔で断じた。

「無理です！　そんな大きい――」

「いきなり捻じ込みはしない」岸田はバイブを止め、茫然と佇む明日香に声をかけた。「ママのあそこを舐めてやれ。たっぷり濡れるように」

「なんであたしが⁉」

たちまち明日香は我に返った。美緒夫人も「そんな⁉」と眼を剝く。

「おまえらレズなんだろ？　別荘でもナメナメしてたじゃないか」

「あ、あれは――」

「言い訳なんてしなくていい。嫌ならこのままブッ刺す」

突き放すように宣告すると、乾いた沈黙がリビングに満ちた。ただ虚ろに時だけが過ぎてゆく。やがて明日香が最初に動いた。

「ママ、あたしやるから」

決然と告げ、まっすぐ足を踏み出した。凜々しい横顔には覚悟が萌している。片や夫人はオロオロするばかりだった。

「アッちゃん、あなたまで――」

翻意を促す継母に、対峙した娘は「いいの」と言い放った。「あたし、ママの助けになりたいもん。だいいち怪我しちゃうよ。あんなの力ずくで入れられたら」

「でも、こんなのって……」

「ならお引き取りいただくか？　俺はどっちでもかまわんよ」

煮えきらない態度がじれったく、岸田は選択を迫った。夫人は涙目で睨み返し、次いで明日香をフルフルと見つめ、つややかな睫毛をそっと閉じた。

「アッちゃん、ごめんね」

「謝ることないよ。ママはちっとも悪くないんだから」

嗚咽を堪える夫人に、明日香はやさしく語りかけた。そして命令されることを拒むかのごとく、自らシートに跪いた。

「パンツを片側に寄せて、ご開帳しろ」

夫人のストッキングは、レース模様のバンドで腿に留めるセパレートタイプだった。したがって脱ぎ下ろす必要はない。ちらりと横目をよこした明日香はショーツに指をかけ、性器を覆った部分をおもむろに捲った。

「おねがい、見ないで……」

「いや、じっくり拝見させてもらうよ」

岸田は言い、明日香の斜め後ろに片膝をついた。アップで撮るべく、菅沼も隣に屈む。

「きれいな色をしているな、相変わらず」

「かたちも整っていて、処女マンみたいだ」

ふたりして評すると、美緒夫人は「そんなこと言わないで」と啜り泣いた。だが、口を衝いた賛辞は、揶揄でも誇張でもない。彼女のラビアは左右対称で、まさに『貝』に譬えるにふさわしかった。全体的に淡いピンクで、メラニンの沈殿はいっさいない。陰毛の生え具合もパーフェクトだった。唯一クリトリスが大きいことに違和感をおぼえるが、それもご愛嬌とにんまりしてしまう。なにより真ん丸なのがよかった。ともすれば宝飾品に映らなくもない。ギラつく眼差しを注ぎながら、岸田は『うまそうなオマンコだ』と胸を躍らせた。

「よし、ペロペロしろ」

セーラー服の肩を叩き、クンニを促した。かすかに首肯し、明日香が顔を寄せてゆく。花唇の両脇に指を添え、突き出した舌を這わせだした。

「あッ、いやッ」

鋭く叫び、夫人が腰を揺すった。戦慄は割り開いた足にも伝わり、膝に渡した金属パイプを軋ませた。しかし明日香は眼もくれない。一心にラビアを舐めさすり、尖らせた舌でヴァギナをこそいだ。

「男がやるより燃えるな」

真横からレンズを向けつつ、菅沼が笑った。同意した岸田は「なにしろ絵になる」と返した。実際、口舌奉仕に耽る女子高生の横顔は、匂い立つ色香を感じさせた。

「……あッ……くッ……」

切なげな呻きにあわせ、ねぶられる性器がしっとり潤みだした。ラビアは充血してほころび、内部の襞を覗かせている。昂ぶりはクリトリスからも見て取れた。ぷっくり膨らみ、いまや肉の莢《さや》を押し退けている。

「ぼちぼち指を入れてやれ」

明日香はうなずき、立てた人差し指をためらいなく没した。仰け反った夫人は「んあああッ」と生臭く呻き、はだけた下半身をガクガクさせた。淫猥なムードを助長するかのように、張り詰めた鎖がギシギシ鳴る。

「そんな⁉　アッちゃん――」

指でヴァギナをしごきつつ、明日香はクリトリスをねぶりはじめた。美緒夫人が「やめて」「ゆるして」と悶え泣くのもかまわず、舌先でレロレロこねくる。ときおり甘噛みしたり、チュッと吸いつきもした。レズに没頭するうち、理性のブレーキが壊れてしまったに違いない。上気した横顔からは、サディスティックな心持ちも窺えた。

「あッ……そんなッ……いやッ……」

じきに夫人がよがりだした。振られる顔は、すでに真っ赤だ。このまま眺めていたら、数分のうちに達してしまうだろう。

娘にイカされる母親――。

さぞかし見物だと思う。が、筋書きを優先して岸田はストップをかけた。

「……どうして……」

明日香を退かせ、入れ替わりに足下へ躄ると、夫人が霞む眼で見下ろしてきた。ぼやけた表情は、安堵しているようにも恨めしげにも映る。岸田は「心配するな」と苦笑い、握ったバイブを掲げてみせた。

「こいつでもっと気持ちよくしてやる」

美緒夫人はかぶりを振った。「それは……それだけは……ゆるして……」

「上の口では嫌がっても、下の口は涎《よだれ》を垂らしているぜ」

陳腐にからかい、押し当てたバイブで濡れそぼる性器をぬるりと撫でた。とたんに引き攣った悲鳴がほとばしる。岸田はほくそ笑み、滴るエキスを根元までなすりつけた。そして力を抜くよう命じ、親指と人差し指でラビアを捲り返した。

「ああッ、開かないで」

「力んだら痛い思いをするだけだ」

いまいちど釘を刺し、ヒクつく秘孔にバイブの先をあてがった。じわじわ力を込め、ゆっくり粘膜を押し拡げてゆく。ぬめる亀頭が沈むにつれ、掌に伝わる抵抗感が増した。いきおい「あッ」「くッ」と夫人が呻く。縊れた腰もわなわな慄えた。が、あふれる愛液がローションとなり、突き入れはスムーズに進む。そして――。

「はうううううッ!!」

亀頭がズブッと没するや、夫人の躰がビクンと仰け反った。震えは爪先まで駆け下り、開いた太腿がピクピク痙攣する。ただし、最大の難所を突破すれば、あとは比較的イージーだった。ローリングの動きを混ぜつつ、握り締めた極太バイブを最奥まで捻じ入れた。

「ううッ……き、きつい……」

「つらいのは最初だけだ。すぐに慣れる」

岸田は笑い、ずらしたショーツをもとに戻した。バイブが抜け落ちないよう、股間から生えるグリップ部分にしっかりクロッチを被せる。

「いやッ！　止めて！」

目の前に立ってリモコンを操作すると、夫人はさっそく悶えだした。といっても押したのは『弱』のボタンだ。岸田はそれを伝え、悄然とした明日香に「ママのおケツと向きあうように座れ」と声をかけた。眼を瞠った彼女はふと嫌悪を示したものの、ツンと顎を引いた。

「今度はなにをさせる気？」

「ケツの穴を舐めろ。唾をまぶすように」

「なんですって!?」

明日香は絶句し、美緒夫人は甲高く叫んだ。捻じ向けた顔は、驚愕をあらわに歪んでいる。

対して明日香は、すぐに動揺から醒めた。腰を屈めて「ママの助けになりたいんだろ?」と笑いかけると、キッと睨み返してきた。

「いい面構《つら》えだ。その調子でさっさとやれ」

「くどくど命令しないで」

吐き捨てた明日香は、粟立つ双臀を見つめた。妖しい気配に、夫人が「おねがい」「ゆるして」と下半身をくねらせる。しかし、切なる願いは聞き容れられなかった。

「ママ、じっとしていて」

厳しく言い、明日香がショーツに手をかけた。ぐいと横にずらし、親指を食い込ませて尻たぶを割る。夫人は「いやあぁッ」と絶叫し、岸田は「ほぉ」と感嘆した。

露呈したアナルは、それほどまでに美しかった。色はアーモンドピンクで、つつましやかな風情はまさに『菊の花』に通ずる。性器と同じく、かたちもまったく崩れていなかった。

「きれいなもんだ」

我知らず独り言がもれた。と、菅沼ばかりでなく、明日香もこくりと首肯した。

「よし、舐めろ」

ふたたび明日香はうなずき、くつろげた美臀《びでん》のあわいに顔をうずめた。夫人が「いやッ」「ゆるして」と涕泣するのをよそに、突き出した舌でペロペロしはじめる。

「アッちゃん、おねがい！　気持ち悪いの」

反らした腰をもじつかせ、夫人が泣き喚いた。それでもセーラー服を着た美少女は、ねぶるのをやめない。あまつさえ蕾の中心をこじり、さらなる苦鳴を絞り取った。

「あああッ……こんなのって……おかしくなるッ」

やがて夫人が身を揉みだした。口では『気持ち悪い』と言っても、アナルは快感のツボだ。加えて性器からのバイブレーションもある。初めて知る肛悦に、生き恥を晒すのは時間の問題だった。が、放たれる息遣いが艶めかしくなったところで再度ストップをかけた。

「ご苦労さん」

口許を拭う明日香をねぎらい、手を引いて立ち上がらせると、ポケットから銀色のパッケージを取り出した。剝いて乳白色の座薬を摘み持ち、ほぐれた肛門にあてがう。ロケット形の座薬は、その滑らかな形状にたがわず、蕾の内側にツルリと吞み込まれていった。

「なにッ！　なにを入れたんです！」

「そのうちわかる」

岸田はせせら笑い、対面のソファに座った。ここからだと苦悶するさまがつぶさに観察できる。三脚にセットした二台のビデオカメラも『人』の字をなす半裸のボディをとらえていた。斜め後方では、中腰になった菅沼がハンディで狙っている。

「ああッ、そんなッ！？」

　やや あって夫人が身を捩りだした。早くも薬が効いてきたのだ。

岸田と菅沼は、今日明日と連休を取っていた。美緒夫人の躰に被虐の悦びを刻み込むべく、じっくり責め立てる予定でいる。内容も『アブノーマル』の一言に尽きた。その手始めとして選んだのが排泄プレイだ。とはいえ浣腸するわけにはいかなかった。グリセリンは子宮も収縮させてしまう。すなわち流産させる危険性がある。その点、挿入した座薬はノーダメージが保証されていた。ただし、便秘患者用なので効き目はすさまじい。即効性にも優れている。それらの特徴を裏付けるように、夫人は「あッ」「くッ」と悩ましげに呻いた。

「どうした？　おケツを振り振りして」

「お、お腹が……く、苦しい」

「だったら気をまぎらわせてやる」

岸田はリモコンを操作し、バイブの震動を『中』に上げた。とたんに夫人が「いやッ」と叫ぶ。くなくなと揺すられる美貌も、根元から縊り出された乳房も、噴き出した脂汗でヌラヌラぬめ光った。

「おねがい、します……と、トイレに……」

眉間に皺を寄せ、夫人が切れ切れに哀訴した。上擦った声はもとより、慄えが走る柔肌からも高まる欲求が窺える。向けられた瞳はねっとり潤み、嗜虐心が煮えたぎった。

「トイレに行ってなにをする？」

「あぁもう……もう……いじめないで……」

「ちゃんと質問にこたえろ」

冷淡に突き放すと、夫人はかぶりを振った。だが、はらわたを掻き毟る便意には逆らえない。ひとたび俯き、う、ウンチです、と消え入るように返事した。

「もう洩れそうなのか」

「……はい……」

「ならお恵みしてやる」

岸田は笑い、バッグから新聞紙を摑んで夫人のもとへ寄った。垂れた鎖を摑み、ロックを解除する。しかし戒めは解かなかった。三〇センチほど弛ませたところで、もう一度ロックをかけた。それに気づいた夫人がハッとした眼をよこす。

「どうしてまた――」

「俺は『トイレに行かせる』とは言っていない」勝ち誇った岸田は、彼女の足下に新聞紙を拡げた。「したくなったらここにしろ」

美緒夫人は眦を裂き、総身を凍りつかせた。そして――。

「いやです！　こんなッ、こんな人前でなんて！　おねがいです！　縄を解いてください！どうかトイレにッ！」

声高に解放を求め、夫人は暴れもがいた。パイプに割られた足を蹴り動かし、たわんだ鎖をガチャガチャ鳴らした。だが、斜めには傾いても拘束された躰は一歩も前へは進まない。すると絶望感が頭をもたげたのだろう、彼女は身も世もなく号泣しだした。シャープな容貌とは裏腹に、迷子のような泣きっぷりだ。いきおいサディストの本能がくすぐられ、岸田はバイブを『強』にした。

「いっそのこと脱糞しながらイッちまえよ」

「そんなのいやです！　もうゆるしてッ……ゆるしてください！」

切々と訴え、夫人は泣き顔を揺らした。その一方で、快楽の炎に炙《あぶ》られているのが見て取れる。じきに哀願よりも「ああッ」とか「んんッ」と喘ぐほうが増え、吐息もゼイゼイ乱れだした。嚙み縛った唇からは涎が垂れ、苦悶する表情をより凄艶に魅《み》せた。

――そろそろ楽にしてやるか。

リモコンには強弱のほかに亀頭をくねらせるスイッチがついている。悶える夫人に「とどめだ」と告げ、岸田はボタンを押した。

「くううううッ!!」

躰をビクンと硬直させ、夫人が細長く呻いた。スカーフを巻いた喉を反らし、涙にまみれた顔を上向けるさまは、あたかも天に祈っているかのようだ。それだけに、麻縄で乳房を絞られ、股間からバイブを覗かせる姿は、いっそう淫らに映えた。

「ああッ……もうッ……もうッ……我慢できない……」

やがて夫人が限界を口走った。歪められた美貌も、グラマラスな女体も、すでに汗みどろだ。ふと耳を澄ませば、キュウゥーッという腸鳴りまで聞こえた。

「なにが我慢できないんだ？　クソか？　それともアクメか」

「り、両方、です……」

ハハッと笑い、岸田はソファから立ち上がった。躰を捩る夫人の脇を抜け、ハンディを構える菅沼の隣に屈む。その先には明日香が棒立ちしていた。

「おねがいですッ、鎖を外してくださいッ」

「駄目だね。ここでするんだ。みんなの見ている前で」

「それだけは……どうか……」

夫人は涙声をこぼし、洟を啜った。わななくヒップが突き出され、徐々に腰が落ちる。両膝がパイプで割られているため、自ずとガニ股になった。むろん、これも計画のうちだ。股の開き具合。それに鎖の弛ませ方。どちらも絶妙だと岸田は自画自賛した。

「みっともない恰好だな。とても淑女とは思えない」

無様なポーズを嘲笑うと、夫人は「いやああッ」と泣き叫び、必死に躰を起こそうとした。だが、三秒と持たずに腰が砕けてしまう。指が白くなるほど手を握り、踵を上げて踏ん張っても無駄だった。ふたたび背筋が反り、双臀がブルブル落ちてゆく。そしてついに、鎖がピンと伸びきった。

——いよいよだな。

ヒクつく菊花を見すえ、岸田はニヤついた。

衆人環視の中で排泄させる——。数ある調教の中でも、これほどむごい責めはない。ましてやガニ股でするとなれば発狂せんばかりの羞恥だろう。結果、どんなに鼻っ柱の強い女でも屈服を余儀なくされる。それすなわち牝奴隷への第一歩だ。女のプライドと反撥心。このふたつを木《こ》っ端微塵《ぱみじん》にするのが排泄プレイの醍醐味だった。

「あああぁッ……もうッ……もう駄目えええぇッ！」

断末魔の叫びに、岸田は眼をギラつかせた。直後、迫り出した肛門から妙音がほとばしり、待ち焦がれた崩壊劇がはじまった。

「いやああッ！　見ないでッ！　見ないでくださいッ‼」

汚物がぬるりと現れるや、かつてない絶叫がリビングに轟《とどろ》いた。

決定的瞬間をビデオに収めながら、前回よりぶっといな、と菅沼がコメントした。負けじと岸田も「自然便だけあって長さもすごい」と畳みかける。

「まるで尻尾みたいじゃないか」

「いやあッ！　そんなこと言わないで！」

「臭いがまたなんとも……明日香もしかめっ面しているぜ」

娘を引き合いに出されると、へっぴり腰になった継母はますます泣き狂った。しかし状況はなにも変わらない。穏やかな陽射しが照り映えるなか、おぞましくも美しい排泄シーンはひときわ妖しく映じられた。


やはり自宅ゆえの効果だろうか。調教のプロローグとなる強制排泄は、別荘で施したときより数段効いた。腸内が空になっても、美緒夫人はガニ股のポーズから立ち直れず、屈辱の涙に噎ぶばかりだった。

「後始末は俺がやる」

ソファの上にビデオカメラを置き、菅沼がニヤついた。岸田は「任せた」と返し、入れ替わりにソファへ寄った。バッグの中から医療用のゴム手袋やウェットティッシュなどを取り出す。それらを手にシートを顧みると、啜り泣く美女の先で、セーラー服を着た女子高生が無表情に立ち尽くしていた。

そんな女どもをよそに、次なる準備は着々と進められた。汚物を新聞紙に包《くる》み、菅沼がリビングを出てゆく。吊るされた夫人の躰を岸田が廻り込んだとき、玄関ドアを開閉する音が届いた。おそらくまた花壇にでも埋めるのだろう。

岸田は含み笑いし、シートに片膝をついた。目の前のヒップに手をやり、さらりと一撫でする。夫人は「いや」と身じろいだものの、それ以上の抵抗は示さなかった。未だショック状態にあるらしく、恰好もガニ股のままだ。ヴァギナに挿入したバイブは、崩壊から二、三十秒後にスイッチを切っていた。しかし、心身ともに打ちのめされた彼女は、そのことすら気づいていない様子だった。

「いまからケツをきれいにしてやる」

岸田は言い、ウエットティッシュを肛門にあてがった。とたんに「あぁ」という嘆きがもれ、突き出された双臀がくなくなと揺すられる。だが、しゃくり上げこそすれ、『自分でやります』とは言わなかった。

満足感に浸りつつ、岸田は丁寧に拭いだした。途中でティッシュを替え、皺の一本一本まで清めてゆく。汚れを完全に拭き取ると、右手にゴム手袋を嵌めた。人刺し指を立て、アナルセックス用のジェルを塗りつける。この潤滑ジェルは殺菌効果もあった。

「ついでに内側もきれいにしてやろう」

笑って告げるや、夫人が泣き顔を振り向けた。ぬめ光る指を見てハッと眼を剝く。一拍後、静けさに慣れた耳に「そんなのいやッ」という叫びがこだました。

「おねがいだから、もう嬲らないで！」

最前とは打って変わり、夫人は身を捩って嫌がった。肛門に指を入れられるとなれば、それも当然だろう。だが聞き容れはしない。岸田は「いちいち喚くな」と苦笑い、わななく尻をピシャリとはたいた。

「それともバトンタッチするか？　旦那の連れ子と」

とどめの脅し文句に、激しい抵抗はピタリとやんだ。夫人はクッと歯嚙みし、顔を戻して噎び泣いた。

──なんとも扱いやすい女だ。

胸の裡でつぶやき、指先をアナルに押し当てた。怯えをあらわに蕾がキュッと窄まる。いや、いや、と弱々しく拒絶するさまも嗜虐心をいっそう煽った。

「いいか、力むなよ」

淡泊に命じ、岸田は指を突き立てた。躊躇なく第一関節まで没する。そこから先は慎重に事を進めた。寸刻みに捻じ入れるたびに、夫人が「あッ」「くッ」と苦しげに身じろぐ。ただし、潤滑ジェルのおかげで妨げにはならなかった。

「あああッ……い、いたい……」

根元まで指を沈め、軽くこねると、逆ハート形のヒップが左右にうねった。岸田は「大袈裟に騒ぐな」と叱りつけ、やおら抜き挿しをはじめた。

「さっきヒリ出したものに比べたら、指の一本くらいわけないはずだ」

「でも……こんなのって……」

最後まで言わせず、抉るピッチを上げていった。ときおりこじる動きも加える。夫人のアナルは緊縮感がすばらしかった。じんわり熱く、潤み具合も申し分ない。洩れ聞こえる「あッ」「いやッ」という喘ぎも耳に心地よく響いた。

岸田は三度ジェルを塗り足した。そしてとろけた粘膜にこってりとなすりつけ、滑らかな指ざわりを心ゆくまで愉しんだ。

「んッ、ふううううぅ……」

ぬるりと指を引き抜くと、ぐったり弛緩した夫人の口から溜息がもれた。荒い呼吸にあわせ、ほころんだ蕾もヒクヒクうごめく。その淫靡なさまにペニスを疼かせつつ、岸田は手袋を外した。裏返しにして、使ったウェットティッシュと一緒にポリ袋に捨てる。

次いでパイプを外しにかかった。前へ廻り、両端のロックを解除する。

下半身が自由になると、ガニ股だった女体がようやく起き上がった。とはいえ腿はピタリと閉じられない。ショーツに支えられ、股間にバイブが突き刺さっているからだ。

「暴れるなよ」

厳しく前置きし、ストッキングに包まれた長い足からショーツを抜き去った。間を空けず、捻じ込むときと同じ手つきでバイブを引いてゆく。性器はもとより、徐々に現れる幹の部分もべっとり粘ついていた。内股もしかり。あふれた蜜にテラついている。

「クソを垂れながらイッたのか」

岸田は立ち上がって嗤いかけた。美緒夫人は「そんなこと――」と反駁し、朱が差した顔をサッと反らした。その顎を摑み、掲げたバイブを濡れた眼に見せつける。

「まったく恥知らずな女だ。こんなにベトベトにしやがって」

「おねがい……もうゆるして……」

カールした睫毛をフルフルさせ、夫人が涙をこぼした。ここで強行したら、後々の計画に支障を来す惧れがある。『なにも焦ることはない』と昂ぶる自身に言い含め、岸田はバイブを足下に置いた。

緊縛した縄も解いてやった。ただしボタンを留めることは許さない。解放された夫人はシートに頽れ、はだけた衣服を掻き合わせて身を小さくした。

「おい、明日香」

岸田が名を呼ぶと、彼女はぼんやり見つめてきた。顔色もすっかり蒼褪めている。しかし「大丈夫か」と気遣いを覗かせるや、虚ろな眼差しに生来の勝気さが甦った。

「そいつを捨ててこい」ゴミが入ったポリ袋に向け、岸田は顎をしゃくった。「あと、流しでバイブも洗っておけ。ママのすけべ汁でグチョグチョだから」

「それは、わたしが――」

「俺は明日香に頼んでるんだ」

顔を上げた美緒夫人を、岸田はすげなく撥ねつけた。不満をありありと浮かべながらも、明日香がポリ袋とバイブを拾い上げる。それを見て、夫人は「あぁ」と項垂れた。

「ママ、気にしないで」

やさしげに言い、明日香がキッチンに向かった。岸田はソファへ寄り、手にした金属パイプと麻縄をバッグにしまった。

バッグの中には消臭スプレーも用意してある。どれほどの美人であっても、排泄すればやはり臭い。リビングの空気を一新するべく、満遍なくあたりに噴霧した。

そこへ菅沼が戻ってきた。岸田はスプレー缶をしまい、遅かったな、と声をかけた。

「どこに埋めてきた？　また花壇か」

「いや、今回は別の方法にした」首を振った菅沼は、ニヤつく眼を窓の外に流した。「お出しになられたものがあまりに立派なんで、隣の家のガレージに転がしてきた」

「そんなことをしたら――」

「いずれ怒鳴り込んでくるだろうね」戦慄する夫人を、菅沼は愉快げに見下ろした。「クソの横に『これは永瀬美緒のウンチです』って、ちゃんとメモも添えておいたし」

「……まさか……そんな……」

絶句した夫人は、両手で口を覆った。見開かれた双眸がみるみる潤みだす。しかし「なあんてね」と菅沼がおどけるや、一転キョトンとした。

「いくら俺たちが悪党でも、そこまでエグイ真似するわけないだろ。――ほんのジョークだよ。奥さんの慌てっぷりを拝むための」

からかわれたと知り、美緒夫人は「ひどい」と涙目で睨んだ。とはいえ、少女めいた半ベソ顔からは、騙された恨みより安堵のほうが色濃く感じられる。かすかに媚びも窺えた。岸田は『やっぱりな』と独りごち、彼女にはマゾの気があることを確信した。

「もうママをいじめないで」

キッチンから戻ってきた明日香が、夫人を庇う恰好で立ちはだかった。声音に劣らず、表情も刺々《とげとげ》しい。が、極太バイブを握ったセーラー服姿は、どこか滑稽だった。岸田は「大切なレズパートナーだもんな」と嘲り、右手を差し出した。

渡されたバイブをしまうと、固定カメラを移動させた。次の調教はソファで行う予定になっている。全景が収まるよう、二台ともアングルを低くした。

「今度はなにをするつもり？」

レンズが向けられたソファを見渡し、明日香が眉をひそめた。岸田は「この我が儘な息子に『いい子いい子』してくれよ」とテントを張った股間に手をやった。

「美緒夫人はやさしいから喜んでやってくれるよな？　もし嫌だっていうなら――」

「わたしがやります」

常套句となった脅しに負け、夫人が了承した。岸田は「賢明な判断だ」と言い、手撮り用のビデオカメラを明日香に突きつけた。

「おまえにはカメラマンになってもらう。別荘でも一回やってるだろ？　あの調子でママを撮影するんだ。こまめにポジションを変えたり、ときどきアップで狙ったり、いろいろ工夫してな。もし手を抜いたら、その分ママがつらい思いをすることになる」

アイドル顔をしかめ、明日香が「つくづく卑怯なやつ」と吐き捨てた。反面、ビデオカメラは素直に受け取った。

「じゃあ、第二幕といこうか」

岸田は言い、菅沼を振り返った。互いに眼でうなずき、ベルトを外してチャックを全開にする。パンツごとズボンを脱ぎ下ろし、横並びでソファに座った。

「おまえもビンビンだな」

菅沼の股間に眼をやり、岸田は笑った。彼のペニスも半勃ち状態にある。浅黒く張り詰めた肉棹は、先走りのエキスに亀頭をテラつかせて臍側にそそり立っていた。

「こっちへ来い」

向き直って命じると、夫人は悄然と立ち上がった。はだけた着衣を掻き合わせ、ふらつく足取りで近づいてくる。場所を譲るように、明日香がソファから離れた。

岸田は股を開き、「ここへしゃがめ」と足下を指差した。屹立するペニスから眼を逸らし、夫人がカーペットに跪く。顎をしゃくって撮影をはじめるよう指示すると、明日香はすねた顔でビデオカメラを構えた。

「おしゃぶりしろ。心を込めていやらしく」

録画ランプが灯るのを見届け、岸田は命じた。見上げる瞳を震わせ、夫人が「はい」とうなずく。ひとつふたつ息を入れ、ためらいを払うや、ペニスの根元をそっと支え持った。赤らめた美貌をか弱げに近づけ、まずはカリの裏側にキスをする。その仕草はひどく控えめだった。にもかかわらず昂ぶりは大きい。しとやかな若妻がペニスに唇を這わす。見ているだけで尾骶骨《びていこつ》のあたりがジンと痺れた。

チュッ、チュッと音を立て、ルージュのきらめく唇がゆっくり下がっていった。眼を伏せた横顔は、すべてを諦めたようにも、忘我にのめり込もうとしているようにも映る。いきおい嗜虐心がくすぐられ、八割勃ちした棹がビクンと脈打った。

それが合図となり、夫人が舌を突き出した。やはり遠慮がちではあるが、エラを中心にチロチロ舐めはじめる。そのこそばゆい感触がすこぶる心地よかった。

「こっちも手でしごいてくれよ」頃合いをみて、菅沼が声をかけた。「なんのために縄をほどいてやったと思ってるんだ？」

奉仕を中断し、夫人が横目を流した。一瞬、恨めしげな顔をしたのち、菅沼のペニスに腕を伸ばす。しなかやに握り締めると、菅沼が掌を被せた。やおら上下に擦らされる。スンと洟を啜った彼女は、当てつけるようにフェラチオを再開した。

「ただ黙ってしゃぶるのも芸がない」ねぶる舌の動きが熱を帯びてきたところで、岸田は次の指示を出した。「チンポを味わいながら、言葉でその気にさせてみろ」

「……それは、どういう……」

夫人が怪訝に訊き返した。自ずと舌遣いはスローダウンしてしまう。これでは藪蛇だ。苦笑った岸田は、ありがちな具体例をいくつか挙げた。

「そんな……そんな破廉恥《はれんち》なこと……」

「言えば吹っ切れる」

イヤイヤをする夫人に、岸田はきっぱり断じた。さながら暗示をかけるように。

「わかったら、もう一度おしゃぶりしろ」

「……はい……」

嗚咽まじりにこたえ、ふたたびペニスをねぶりだした。早くも発破が効いたのか、最前より一生懸命さが感じられる。加えて、涙にまみれたフェラ顔はとてつもなく卑猥だった。

「どうだ？　俺のチンポは」

「……すごく……おいしい、です……」

「ほかにも言い方があるだろう」

「……逞しくて……とってもすてき……」

あまりの安易さに、岸田はハハッと笑った。「ふたつとも、俺がさっき教えたセリフじゃないか。もっとオリジナルの表現をしてみろ。ソープ嬢にでもなったつもりで」

夫人はかぶりを振った。慈悲を乞う面差しに、怒張したペニスがさらに猛る。しかし妥協はしない。岸田は『早く言え』と眼光鋭く催促した。

「……硬くて……熱くて……う、うっとりしちゃう……」

張り出したエラをねぶりつつ、夫人は訥々と述べ上げた。真っ赤に火照った泣き顔が、これまた異様にそそる。岸田は「まずまずだな」と及第点をほのめかし、その調子でいやらしく誘ってみろと命じた。

「……どう？　わたしの、お、おしゃぶり……気持ちいい？」

「まさに昇天しそうな気分だ」

「……うれしい……わたしも……たいへん、か、感じてます……」

「オマンコが濡れ濡れになるくらいに？」

ふと哀しげな眼をよこし、夫人は「ええ」と首肯した。そして意を決するように、つやめく唇を亀頭に被せた。束の間ためらい、血管の浮いた肉茎を呑み込んでゆく。口を塞がれていれば、屈辱的な問いかけに応じなくてすむ。そんな意図が見え見えだった。

——小賢しい真似を。

岸田は鼻で嗤った。が、あえて止めはしない。中途半端なことをしたら折檻してやる。そんな心持ちで、しばらく静観することにした。

すると予想はいいほうに外れた。夫人の咥えっぷりは想いのほかハードだった。ストロークの量。締めつけ具合。ピッチの速さ。どれも申し分ない。唾液のまぶし加減もなかなかで、たびたびジュルッ、チュパッと淫音を響かせた。

単にしゃぶり抜くばかりでなく、ときおり口を外しては、白く泡立つカリ首を、テラつく裏筋を、ペロペロ舐めさすった。その際、漲るペニスに艶めかしい喘ぎが吹きつけられた。たどたどしい淫語より、こちらのほうがよほど興奮する。

果たして夫人は、トランス状態に陥っているのかもしれなかった。あるいは現実逃避と譬えるべきか。いずれにせよ、無我夢中でフェラチオするさまは、あたかも淫魔に取り憑かれたかのようだった。

「今度はあっちのチンポをしゃぶれ」

ペニスが育ちきったところで、岸田は隣を指差した。息を乱しながらも「はい」とうなずき、夫人は膝立ちになった。菅沼の股間へ移動するや、すぐさま亀頭をねぶりだす。逡巡すればより惨めになることを学んだのだろう。間を置かず『手コキ』も開始された。

「あれからまた上達したようだな」

滑らかなタッチを堪能しつつ、岸田は笑った。菅沼のペニスを咥えたまま、夫人がイヤイヤをする。潤んだ瞳も『そんなことはない』と訴えていた。しかし揶揄したわけでも、お世辞を言ったわけでもない。彼女の握り方は繊細で、なおかつ指捌きが絶妙だった。無意識のうちに行っているのか、しごく流れで亀頭をこねくりもする。試しに「金玉もさすれ」と命じると、やさしく包んでやわやわ転がしだした。その手つきに、もはや気後れはない。羞恥に押し潰されないよう、心を空にしているのが見て取れた。

「よし、そのへんでいい。――ここに立て」

前戯の終了を告げ、岸田は股の間を指差した。はい、と荒息まじりにこたえ、夫人が腰を上げる。数十分に及ぶ正座で膝が痺れたのだろう、一足ごとにバランスを崩しつつ、半裸のボディが目の前に立った。

「自分から跨がれ」

青筋が走る怒張を左手で支え、岸田は言った。美緒夫人は「そんな――」と絶句し、この日何度目かのイヤイヤをした。

「……そんな、はしたないこと……」

「いまさら貞淑ぶるな」俯く夫人に、岸田は罵声を浴びせた。「これまでだって、はしたない姿をさんざん晒してきたじゃないか」

「……でも、だからって……」

「さっきと同じだ。この一線を乗り越えれば吹っ切れる。度胸がつく」

教え諭すように言い放つと、憐れっぽく見返してきた。岸田はクイと顎をしゃくり、目顔で『やるんだ』と畳みかけた。瞼を閉じた夫人が下唇を噛む。しかし葛藤はそう長くは続かなかった。

「……わかりました……」

慄える返事をよこすや、夫人がソファに上がってきた。座面に膝を沈め、ぎこちなく岸田の腰を跨ぐ。ためらいを振り払うように深呼吸すると、半裸に剝かれたグラマラスな躰をゆっくり下ろした。

「あううッ」

ねとつく亀頭がラビアにふれ、あえかな悲鳴がしぶいた。膝立ちの女体もビクンと凝固する。が、ペニスの先で秘孔を小突くと、ふたたびヒップが降下しだした。

「ふうぅうんんッ」

亀頭がヌプリと没したところで、挿入がまた中断された。ただし今度はなにもしない。ペニスが突き立つ下腹部はブルブル震えていた。割り開いた内腿にも痙攣が走る。心身の疲労に正座の痺れが加わり、踏ん張りが利かないのだろう。

案の定、おののく躰はじわじわ沈みだした。夫人は「いやッ」「そんなッ」と狼狽し、岸田の胸に両手をついた。しかし功はなさず、ドス黒いペニスは徐々に呑み込まれていった。

「あああああッ!!」

最後は尻餅をつく恰好となり、美緒夫人はグンと喉を反らした。たわわな乳房が突き出され、丸みを強調してプルンとたわむ。恥辱の騎乗位を強いられ、涙ながらに身悶えるさまは、いつにも増して凄艶だった。

「ちゃんと咥え込めたじゃないか」

嘲笑した岸田は、はだけた制服の内側に両手を挿し入れた。縊れた腰をガッチリ掴み、挨拶代わりに一突きくれてやる。夫人は「いやあああッ」と叫び、汗ばむボディをさらに仰け反らせた。思わず岸田も「んッ」と呻く。

別荘では、黒人のザーメンで受胎させるためアナルセックスで我慢していた。それゆえ期待値が高まっていたとしても、彼女のヴァギナは絶品としか言いようがない。とりわけウネウネと締めつけてくる感触がすばらしかった。まるで何百何千という触手がうごめいているみたいだ。岸田は『オマンコまで完璧とはな』と内心ほくそ笑み、ストッキングに包まれた太腿をピシャリと張った。

「人任せにしないで、自分からケツを振れ」

「……もう、ゆるして……」

「たわけたこと吐《ぬ》かすな。まだ繋がったばっかだろう」

素っ気なく言い、最前より強く腿をはたいた。夫人は「いたい」と泣き顔をくねらせ、上目遣いに睨んできた。その恨みがましい面差しにゾクゾクしながら、「今度はおっぱいにビンタするぞ」と冷ややかに脅しつけた。

「いやです！　もうぶたないで！」

「だったらケツを振れ。チンポをこねくり回すように」

わかりました、と涙声をこぼし、夫人がヒップを揺すりだした。その動きは緩慢だが、またひとつ『性奴』へ堕とした喜びは大きい。命令に背かず、上下のピストンも加えていった。

「あッ……あッ……あッ……」

羞じらいとは裏腹に、リズミカルに喘ぐようにもなった。紅潮した美貌には戸惑いの色がはっきりと萌している。とはいえグラインドする腰遣いは止まらなかった。それも無理からぬことだと思う。これだけいやらしい躰をしているのだ、ひとたび燃え上がったら御せるわけがない。が——。

アクメに浸らせるのはここまでだった。強制的に排泄させたのも、こうして騎乗位でまじわっているのも、感度豊かなボディを開花させるのが目的だ。

恍惚とする夫人の後ろには、菅沼が待機していた。岸田は『そろそろいくか』と目配せして彼女の背中に腕を回した。力強く抱き寄せ、再度ソファに倒れ込む。その拍子にたわわな乳房がひしゃげ、ローズピンクの唇から「うッ」という呻きがしぶいた。

「どうして、こんな——」

恐々とした問いにはこたえず、逆手で肩をホールドした。満を持して、菅沼がヒップを鷲摑む。とたんに夫人が「ひッ」と喉を引き攣らせた。

「なにッ!?　どうするつもりです!?」

「仲間外れにしてちゃ気の毒なんで、彼にも参加してもらう」

嘲る凌辱者を交互に見つめ、夫人はすっと蒼褪めた。「それって……」

「もう一本チンポを咥え込める穴があるだろ？　そこを使うんだ」

愕然とする眼がさらに丸くなった。一拍後、すさまじい絶叫がリビングにこだました。

「いやです！　そんなの絶対にいやッ！　いやあああああッ!!」

身も世もなく泣き喚き、夫人がもがいた。しかし肩と腰を押さえつけられ、ほとんど身動きが取れない。それでも彼女は「いやッ」「ゆるして」と哀訴を繰り返し、狂ったように手足をばたつかせた。

「いいかげん観念しろ」

抵抗を封じ込め、岸田はにべもなく吐きつけた。と、夫人が「やめてえぇッ」と背後を振り返った。どうやら菅沼がアナルをとらえたらしい。

「おねがいッ！　そこだけは！　お尻でなんていやあああああッ!!」

総身を揺さぶり、夫人が泣き叫んだ。対照的に、岸田たちはゲラゲラ嗤った。

――まったく、とことん愉しませてくれる。

　ふと明日香に眼がいった。セーラー服の胸元でビデオカメラを構え、彼女はぼんやり佇んでいた。ただし、レンズはしっかり結合部のあたりを狙っている。岸田が「もっとそばに寄れ」と接写を命じると、夢遊病者のようにソファへ近づいた。

　ほぼ同時に、密着させた夫人の躰がビクンと強張った。戦慄をあらわに、ペニスを咥えた肉壺もキュッと収縮する。

「いッ、いたいいいいぃぃッ！」

　ワンテンポ遅れて苦鳴がほとばしり、窄まりを突破したことを報せた。亀頭を呑み込んだ分、ヴァギナの締めつけが一段と強まる。貫通したようだな、と岸田がしたり顔をほころばせると、夫人の腰を抱え直して菅沼もニヤついた。

「あああッ……ふたつ一遍になんて……む、無理です……」

　肛門にペニスが分け入るや、夫人はガクガク慄えた。絶え絶えに訴える表情は、見るからに苦しそうだ。しかし容赦はしない。岸田は抱き締める腕に力を込め、菅沼もサディスティックに圧しかかった。

「いやあああああああッ‼」

　完全にペニスが没すると、夫人は悲痛に泣き叫んだ。あふれる涙を噛み締め、しきりに「抜いてッ」「抜いてぇえッ」と歪めた顔を振りたくる。あられもない嫌がりようは排泄姿を晒したときにも劣らなかった。

――ま、いきなりブッ刺したみたいなもんだから当然か。

別荘でアナル責めにかけたときは、明日香の指で事前にマッサージを施していた。だが今回はジェルを塗りつけたのみ。それも殺菌を主目的としており、揉みほぐすことは考慮していない。したがって、ヴァージンを散らされたように号泣するのも道理だった。

「前と後ろで咥え込んだ気分はどうだ？」

「……く、苦しい……」

「ならベロを出せ。痛みを忘れさせてやる」

一瞬ためらいを覗かせ、夫人がわななく唇を開いた。岸田はスカーフが巻かれたうなじを摑み、泣き濡れた顔をぐいと引き寄せた。

「んむうううッ」

強引に口を奪うと、夫人は喉の奥で呻いた。しかし瞠られた瞳はすぐに揺れる。ディープキスに移行しても抵抗はしなかった。むしろ「あふッ」「んむッ」と小鼻を膨らませ、縋るように舌を絡めてきた。

それを機に、岸田はストロークを再開した。阿吽の呼吸で菅沼も肛姦《こうかん》をはじめる。夫人はガクンと仰け反り、切迫した声で「ああッ」と叫んだ。

「いッ、いたいッ……動いちゃいやッ……お尻がッ、お尻が裂けてしまいます！」

「そうならないようにスローペースにしてやってるだろう」下からペニスを繰り出しながら、岸田はヒップをはたいた。「明日はこんなもんじゃすまないぞ。なんたってサイズが二回り以上アップするんだから」

明日はエディらが『二穴責め』にかける予定でいる。だが夫人は「いたい」「やめて」と泣き悶えるばかりで、言外の意を察した様子はなかった。

「あああぁ……このままじゃ……」

「狂っちまう、ってか」途切れたセリフを先読みし、岸田は嗤った。「俺たちにとっちゃ願ってもないことだ。さかりのついた牝犬みたいによがり狂ってくれよ」

肛門とヴァギナを抉られながら、夫人はかぶりを振った。「おねがいです……抱くならひとりずつに……後生ですから……」

「いまさらやめられるか」岸田は嗤い、ピッチを上げた。「だいいち、嫌がってる割にはだいぶ馴染んできたじゃないか」

「……そんなこと……」

涙にまみれた顔がふたたび左右した。しかし『ありません』とは続かなかった。代わりに「んああぁ」という生臭い呻きがしぶいた。

意思に逆らい、膣襞のうごめきも激しくなった。抜き挿しに呼応してペニス全体をザワザワ撫でつけてくる。岸田は「こんなオマンコ久しぶりだ」と、たわむ美巨乳を揉みしだいた。

「乳首もコリコリに勃起してやがる」

言うや吸いつき、舌で転がした。腰を反り返らせ、夫人が「ああッ」と叫ぶ。そうした嬌声にあわせ、ますます膣粘膜がざわついた。アナルの締めつけも増したようだ。菅沼が「根元から食い千切られそうだ」と笑い、迫りくる射精感をアイコンタクトで伝えた。

眼でうなずき返し、岸田はストロークを速めた。夫人が「苦しい」「壊れちゃう」と喘ぎまじりに泣き喚く。かまわず子宮を貫く勢いで抉り立てた。そして――。

「よしッ、このまま中に出してやる！」

「こっちもだッ、喰らえ！」

相前後して雄叫び、溜め込んだザーメンを存分にぶちまけた。美緒夫人は「いやあああああッ」と絶叫し、グラマラスな躰をひときわ仰け反らせた。その凄艶なる姿に、岸田はマゾの目覚めを見取った。

＊　　＊

「アッちゃん、こんなわたしを見ないで！」

昼下がりのリビングに、喘ぎまじりの叫びがこだました。よがり歔くママに哀願されるのは、これで何回目だろう。ソファを顧みた明日香は、一服するカズを窺った。

「眼を逸らすな」

すぐさま冷淡な声が浴びせられた。ビデオを構えるリッキーが「おまえも二穴責めにかけられたいか」と口角をくつろげる。明日香はブルブル首を振り、正面に顔を戻した。

カーペットに寝そべった黒人と、ママは騎乗位でまじわっていた。もうひとりの黒人にはバックで圧しかかられている。明日香がいる位置からは、拡がりきった性器とアナルがつぶさに観察できた。

――ママ、すごい……。

自ずと眼が釘づけになり、思わず胸の裡で独りごちた。

昨日と同じく、明日香はセーラー服を着ていた。むろん指示されての着用だ。ママもCAの恰好をさせられていた。おかげで強いられる行為とのギャップがすさまじい。脱がされたのはショーツのみというのも素っ裸でいるよりエロティックだった。ずり上がったタイトスカートはもとより、しなやかな足を包むストッキングも黒のため、剝き身にされたヒップの白さがより際立つ。

対して黒人たちは全裸だった。鍛え抜かれたボディは汗にテカり、躍動する筋肉が暴力的に映える。漂う体臭も野性を感じさせた。

「あううぅッ！　きついぃいぃッ！」

ふいにストロークを強められ、ママが声高に呻いた。無理もない。陰部に突き立つ二本のペニスは子供の腕くらいある。事前にローションをまぶしたとはいえ、いつ裂けても不思議ではないように見えた。

「おい明日香、美緒夫人にキスしてやれ」

身悶えるママを見守っていると、背後からニヤついた声がかかった。明日香はこくんと首肯し、四つん這いでカーペットを進んだ。

対峙するママの顔は、ピンク色に上気していた。たわんだ眉。眉間の皺。頰の後れ毛。喘ぐ唇……。その一つひとつが艶めかしい。なのに嫌悪感は抱かなかった。むしろレズめいた気分にさせられた。

ママの顎に手を添え、明日香は顔を寄せていった。それに気づいたママが「やめて」とかぶりを振った。しかし強引に唇を奪うと、あっさり抵抗はやんだ。

ひとしきり口を吸ったのち、おもむろに舌を挿し入れた。むふっと小鼻を膨らませ、ママもねっとりと絡みつけてくる。たちまち頭がクラクラしだした。同性との口づけは、それほどまでに甘美だった。

やがてママが「ぷはッ」と唇を振りもいだ。男たちの腰遣いが速まり、じっくりキスしていられなくなったのだ。

「アッちゃん、わたしを見ないで！」

火照った顔を振りたくり、ふたたびママが懇願した。だが今度は眼を逸《そ》らさなかった。どんなふうに堕ちてゆくのか見届けたい。そんな欲望に駆られ、突かれるごとに発情してゆくさまを真向かいからとらえた。

14

「また少しおっきくなったみたいだ」

美緒のお腹をソフトにさすり、浩利は眦を下げた。プロポーションがいいので目立たないが、彼女は妊娠五カ月になる。その丸みはパジャマの上からもはっきり感じ取れた。

「あなた、くすぐったい」

つい夢中になりすぎたらしく、美緒が躰をもじつかせた。浩利は「ごめん」と照れまじりに謝り、はにかむ彼女を抱き寄せた。やおら唇を重ねる。んッ、と喉を鳴らし、彼女も首筋に抱きついてきた。

歯列を割り、浩利は舌を挿し入れた。すぐに美緒も絡め返してくる。ここ最近、彼女は情熱的だった。もはやディープキスくらいではたじろがない。それでいて羞じらいを失《な》くさないのが、いかにも彼女らしかった。

しゃにむに口づけを交わしつつ、乳房に掌を被せた。先月あたりから美緒のバストは肥大してきているが、単なる『巨乳』とは異なり美しいフォルムを維持している。相変わらず揉み心地もすばらしかった。が――。

ひとしきりキスを堪能し、乳房から手を離した。母胎を気遣い、出産までセックスしないと決めている。なのに気持ちだけ昂ぶらせるのは酷だ。いくら奥手とはいえ、美緒にだって性欲はある。それを満たしてやれないなら、いたずらに火をつけるべきではなかった。

「あなた、今夜はどちらで？」

睫毛を伏せ、美緒がたおやかに訊いてきた。セックスは控えていても、男のメカニズムを慮《おもんぱか》って、彼女は口か手で射精に導いてくれる。このあいだは手でしごいてもらったので、浩利はフェラチオを希望した。

ベッドに仁王立ちになると、美緒が足下に跪いた。妊娠中の彼女にとって、この体勢が最も負担にならないのだ。浩利からみてもベストな恰好だった。女優にも匹敵する美貌の妻を傅かせている。その構図に心が躍った。

「僕ばかり悪いね」

バスローブの帯を解き、浩利は前をはだけた。かぶりを振った美緒が、やさしげな眼で見上げてくる。つややかな面差しは『これも妻の務めですから』と語っているかのようだった。

いきおい下半身が熱を帯びる。

トランクスは美緒が脱がせてくれた。ここ何度かそうしているので、その手つきに気後れはない。股間を目の当たりにしても、わずかに俯くだけだった。

「あなた、どうぞ気持ちよくなって」

下からペニスを支えると、美緒はまず亀頭をペロペロした。その舌遣いは、以前とは比べ物にならないくらい進歩している。裏筋をねっとり撫でさすられ、浩利は「くッ」と呻いた。それで彼女もスイッチが入ったらしい。

鈴口にチュッ、チュッと吸いつき、脈動するペニスに唇を被せた。そのまま喉奥まで咥え込む。近頃ではディープスロートも難なくこなした。しかもジュポッ、クチュッと卑猥な音を立てることを厭《いと》わない。唾液のまぶし具合もすごかった。彼女の頭が前後するたび、見え隠れするペニスがぬめ光ってゆく。ときにカリ首のあたりが泡立つことさえあった。

「美緒、気持ちいいよ。とても」

なびくロングヘアを梳きながら、浩利は喜悦の声を浴びせた。さらに夫を喜ばせようと、美緒の舌が陰嚢へも這い下る。いわゆる『タマ舐め』も飛躍的にうまくなっていた。口内でレロレロねぶられると、しなやかに摘まれた亀頭がビクついてしまう。ひたむきに奉仕する顔がまた、妖艶きわまりなかった。

「もう一度おしゃぶりして」

はい、と美緒はこたえ、再度ペニスを咥え込んだ。催促する声にエクスタシーの兆しを感じ取ったのだろう、浩利の腿を両手で摑み、躰全体でストロークをはじめる。その動きに同調させ、浩利も腰を振り立てた。にわかに激烈な快感が燃え拡がる。うっとり眼を閉じると、瞼の裏で光彩が弾けた。

「美緒ッ、このまま出すよ」

奥歯を嚙み締めつつ、浩利はピッチを速めた。ペニスを咥えたまま美緒がうなずく。手でしごく際も『フィニッシュは口内』と決まっていた。嚥下するのも暗黙の了解事となっている。そのときの表情を思い起こすと脈打つペニスがますます猛った。そして——。

「よしッ！　イクよッ！」

声高に告げ、最後の一突きを射込んだ。ほとばしる獣欲に喉を灼かれ、紅潮した妻の顔がブルブルする。しかし遠慮はしなかった。浩利は二度、三度とペニスを抽送した。それにあわせて「うむッ」「んふッ」と彼女の小鼻が膨らむ。が、頭を引いたり、振りもいだりはしなかった。じっと耐えるさまが、このうえなく愛おしい。

放出を終えてペニスを抜き去ると、美緒はチュッと鈴口に吸いついた。顔を上向け、口内に満ちる精液をゴクリと飲み干す。

「ありがとう。すごく気持ちよかった」

美緒の頭に手をやり、心から礼を述べた。と、息を整えた彼女が、もの言いたげな眼をよこした。浩利は「なに？」と穏やかに尋ねた。しかし羞じらいを深めた彼女は、なんでもありません、と微笑む顔を一振りした。

＊　＊

躰が疼き、いっこうに眠れなかった。寝入る浩利に背を向け、美緒は寝室を抜け出した。足音を忍ばせて階段を下りる。バスルームへ行く前にキッチンへ寄った。

別荘でレイプに及んだ際、カズたちは黒革のバンドや浣腸器を持ち帰っていない。二カ月前、黒人ふたりと輪姦にかけたときも同じだった。持参した淫具はすべて置いていっている。おかげで美緒は、隠し場所を探すのに苦心させられた。『また来る』と脅されたものの『保管しておけ』とは命じられていない。しかし『誰かに見られたら』と想うと、そうそう処分はできなかった。そこでバッグごと床下収納にしまっていた。

初めて肉欲に屈したのは一カ月前のことだった。今夜と同様、浩利にフェラチオを施したあと、どうにも我慢ならなくなったのだ。休む間もなく犯し抜かれ、無理やり開花させられたことも一因ではあるだろう。ともあれ、ひとたび淫欲に負けてからは、オナニーによって火照りを鎮めてきた。

——あなたが抱いてくださらないから……。

床下収納を開け、美緒はバッグを取り出した。大切にしてくれるのは嬉しいが、夫の気遣いは度が過ぎている。医者が『セックスしても大丈夫』と保証しているのだから、週に一度くらい性交すればいいのだ。なのに変なところで意固地になって……。

彼は勘違いもしている。ここ最近、ペッティングさえ控えめなのは『生殺しにしてはかわいそうだ』との配慮からだろう。だがそれは自己満足にすぎない。長らくエクスタシーから遠ざかっていると、女だって『ほしく』なるのだ。その渇望感をやわらげるには、ぬくもりを求めあうしかない。

とはいえ、浩利をなじるのは理不尽だとわかっていた。責めるべきは凌辱者であり、淫らな悦びを覚えたこの肉体だ。そもそも、なぜ素直に「抱いて」と頼めないのか。その一言を口にできさえしたら、こんな惨めな思いはしなくてすんだかもしれないのに……。

たちまち自己嫌悪が芽生えた。しかしもう後戻りはできない。

美緒はバッグを開けた。中には淫具がぎっしり詰まっている。かすかに逡巡したのち、愛用品と化した張形を摑んだ。

この張形は長さ二十数センチもある。胴回りもかなり太かった。加えて茎の部分にイボがついている。その淫靡なフォルムは女体をジンと疼かせた。

床下にバッグを戻すと、袖の中に張形を隠してバスルームに向かった。自ずと廊下を進む足取りは速くなる。脱衣所に入ってドアを閉じるや、ホッと溜息がもれた。

パジャマを脱いで全裸になると、洗面台の鏡を窺った。腹部はもとより、バストも以前より大きくなっている。数字上は一、二センチの差だが、見た目は一回りアップしていた。乳首もいくらか色濃い。それは陰毛にもいえた。密度が増し、芽吹く範囲が広がっている。自分のことながら、妊婦の躰とはかくもエロティックなものかと再認識させられた。

張形を手に、美緒は風呂場に入った。軽くシャワーを浴び、浴槽に躰を沈める。前回も湯の中で快楽を貪った。出窓に置いた張形は合成ゴムで出来ているため、濡らしても平気だ。くだんのバッグには電動式のタイプ、すなわちバイブレーターも収納されている。なのにそれを選ばなかったのは『浸水して壊れたら』と使用の発覚を恐れたからだった。

美緒はまず首筋や肩にお湯をかけた。そして湯面にたゆたう乳房をやさしく掴んだ。お湯の中でも実の詰まった重みを感じる。

「はあああぁ」

おもむろに愛撫をはじめると、熱い吐息が口を割った。洩れ出る喘ぎは、揉みしだく指遣いを強めるにつれ明確になった。適温であたためられているのに肌もゾクゾクする。

——ああ、気持ちいい。

胸の中で感嘆し、乳首に指を伸ばした。キュッと摘み上げると、さらなる喘ぎがほとばしる。美緒は「あッ」「くッ」と喉を鳴らしながら、ヒリつくほど乳首をしこらせた。円を描くように乳輪もなぞった。指先でいやらしく撫でつけると、なだらかに膨らみだす。バスト全体もジンジン張ってきた。さらなる刺激を求め、乳首を引っ張ったり、乳輪を揉み込んだりした。

「ふううっ……んふううっ……」

じきに肩で息をするようになった。恍惚の火種は下半身にも燃え伝わり、気がつくと太腿を擦りあわせていた。

——なんてあさましい。

己の痴態を見て、美緒は下唇を嚙んだ。しかし乳房を揉む手は離せない。腰のもじつきも止められず、心身ともに昂ぶる一方だった。

美緒は片手を下腹部へ向かわせた。飾り毛を掻き分け、そっと陰裂をなぞってみる。瞬間、背筋が仰け反り、浴槽の湯が波打った。

――もう濡れてる⁉

乳房への愛撫だけで、性器はすでに潤っていた。まとわりつく滑らかなぬめりは、明らかに発情のしるしだ。バストを揉みしだきつつ、指先でラビアを撫でると、またもや電流に貫かれた。その痺れがなんとも心地よい。

――こんなに感じてしまうなんて……。

美緒がオナニーを知ったのは高校生のときだ。まだ処女だったこともあり、あの頃は軽い戯れで充足感が得られた。しかしいまは違う。セックスと同等でなければ満足できない。

「あッ……いやッ……」

羞恥に身悶えながら、美緒は性器を撫で回した。ぬるぬるした蜜を指の腹にまぶし、花唇をしごき立てた。ときに引っ掻いてはガクガクする。それにあわせて股が開いていった。

「くううぅッ！」

満を持してクリトリスを摘むと、抑えきれず嬌声がしぶいた。敏感な肉の珠は包皮の上からでもキュンと疼く。その甘美きわまりない刺激は、理性を灼き尽くすのに充分だった。指が勝手にくねりだす。美緒は『気持ちいい』と心の中で連呼し、包皮をクルリと捲った。そして直接クリトリスを撫でさすった。

「ああッ……すごいッ……」

獣欲に身を焦がし、美緒は歔き狂った。足はいまや『M』を描いている。だが、羞じらいに反して閉じることはできなかった。むしろクリトリスをいじくるたび両膝がくつろいだ。

――もうなにも考えられない。

胸裡でつぶやき、立てた中指をヴァギナに没した。奥へ分け入るに従い、熱くたぎった粘膜がイソギンチャクのように締めつけてくる。美緒は「あああッ」と叫び、腰をグンと浮かした。そのまま抽送にあわせてグラインドさせる。親指でクリトリスをこね回しもした。内と外の挟み撃ちに、切れ目なく喜悦の声をあふれさせた。

が、指ではすぐに物足りなくなった。この狂おしいもどかしさは、もっと太いものでないと鎮まらない。美緒は感涙に煙った眼で出窓を見上げた。やおら腕を伸ばし、張形を摑む。ためらいはコンマ数秒しか持たなかった。逆手に持ち替え、お湯の中に沈めると、ヒクつく秘孔にゆっくり挿し入れた。

「くッ、はあああああッ」

総身を震わせ、美緒はあられもなく呻いた。やはり指とは比較にならない。わずか数センチ動かしただけでも、生々しいよがり声がほとばしった。

——あなた、やさしくして。

浩利の顔を想い、美緒はストロークをはじめた。とたんに「あん」と喘いでしまう。極力スピードを落としても張形には無数のイボがついている。その一つひとつが淫欲にただれた肉襞をこそいだ。張り出したエラに鈍痛もおぼえる。が、駆け上がる痛みは快くもあった。

「あなた、そんなに激しくしたら——」

夢中でヴァギナを抉りながら、美緒は乳房を掬い上げた。顔を伏せ、ひしゃげた肉丘を口に含む。舌先でコロコロねぶると、尖りきった乳首はさらに硬くなった。その感触がエクスタシーを誘発する。

「あなたッ！　一緒にッ！」

切迫した叫びを放ち、美緒はラストスパートに入った。バストを握り潰し、乳首に歯を立て、張形を握った手を勢いよく前後させた。ブリッジするようにヒップを掲げ、限界まで割り開いた股間を艶めかしく揺すった。湯面がバシャバシャ波立つほどに。

「あぁッ！　イクッ！　イキますッ‼」

甲高く口走るや、ひときわ深く張形を突き立てた。グンと躰が仰け反り、ぼやけた視界に男性の顔がよぎる。その男性はマスクを被っていたようにも見え、甘やかなオルガスムスのなか、美緒は『どうして!?』と戦慄した。

15

熱いシャワーで汗を流すと、岸田はバスローブを羽織ってリビングに戻った。冷蔵庫からピルスナービールを取り出し、霜の下りたグラスに注ぎ入れる。それを手に寝室のドアを開いた。とたんに「あんッ」「感じちゃう」といった嬌声がこだます。しかもそれは二重奏だった。我知らず口角がほころぶ。

岸田が住むマンションは、完璧にプライバシーが守られていた。各種セキュリティ対策はもちろんのこと、防音性もきわめて高い。たとえ乱交パーティーを催しても、クレームが寄せられる心配はなかった。

窓辺のテーブルに座り、岸田はビールを飲んだ。見つめる先、ベッドの上には宮本冴子と大滝萌がいる。全裸のふたりは四つん這いになり、互いの尻を突き合わせていた。ひとたび3Pを楽しんだあと、双頭のディルドゥで繋がらせたのだ。

「お姉さまッ、わたし、なんだかもう――」

腰をグラインドさせながら、萌がアクメを口走った。敬愛する冴子のことを彼女は『お姉さま』と呼ぶ。自らそう言いだしたのだ。むろんレズに耽るときのみにかぎられ、冴子ともども岸田はそれを許していた。

――しかし、よくここまで成長したな。

喉を潤しつつ、岸田は眼を細めた。見え隠れするディルドゥは、ふたりの肛門を穿っている。アナル用の細身のタイプではなく、胴回りが五センチ以上もあるアメリカ製のものだった。そんな欧米サイズのいちもつを、萌はいまや根元まで咥え込んでいるのだ。

冴子に因果を含めさせ、彼女の調教を開始したのは松の内から一週間後のことだった。以来三カ月、岸田はみっちり被虐の悦びを教え込んでいる。麻縄縛り、鞭打ち、熱蠟《ねつろう》責め……。そうした定番プレイにより、まずはマゾに目覚めさせた。次いで野外露出や媚薬責めにかけ、女の矜持を打ち砕いた。その一環として、言葉嬲りもルーティンに加えている。

あどけない顔立ちにたがわず、萌はすぐベソをかいた。ハードな調教には手放しで泣きじゃくった。だが、岸田のプランを頓挫させたことは一度もない。ひとえに憧れの存在がそばにいるからだった。

萌の調教に、冴子は必ず参加した。そして『飴と鞭』の飴の部分を請け負った。一緒に堕ちましょう。そう囁いては、かわいい後輩に口づけをした。苦しみが薄れるよう、手を握ってやることもある。おかげでアナルヴァージンを奪うときには大いに助けられた。

「お姉さまッ、もっと突いて！」

「萌も激しく！　イクときは一緒よッ」

はい、と萌はこたえ、ディルドゥを呑んだ腰をハイピッチで前後させた。負けじと冴子もストロークを強める。ふたりの裸身はすでに汗みどろだった。揃ってあさましい恰好をしているだけに、柔肌のぬめりがいっそうエロティックに映ずる。サウンド的にも申し分なかった。肛悦特有の息む喘ぎに尻同士がぶつかるパン、パンという肉音がうまく溶けあっている。耳を欹《そばだ》てればヌプッ、ズチュッという肛門のおめきも聞こえた。

「ああッ……わたしッ……わたしッ……イッちゃいそう！」

「いいのよッ……萌ッ……感じるままにッ……お尻でイキなさい！」

「お姉さまッ……笑わないでッ……こんなはしたないわたしを……笑わないで！」

ほざくように喚き、萌がグンと背筋を反らせた。いやらしい痴態とアイドル顔とのギャップが異様にそそる。岸田はビールを呷り、ニヤリと嗤った。

萌にはまだ『看護師性奴化計画』について打ち明けていない。ＶＩＰルームの裏の顔も伏せている。だが、このペースで開花させていけばデビューする日もそう遠くないはずだ。おそらくあと二カ月、ゴールデンウィーク明けには隷属のしるし、すなわちクリトリスや乳首へのピアシングが施せるだろう。

その頃にはもうひとつ大きなイベントが控えていた。ほかでもない、美緒夫人の出産だ。エディもしくはボブの子供は、彼女の子宮の中で日一日と成長していた。

性奴化のほうも予定どおりに進んでいる。萌と同じく、美緒夫人の調教も年始からスタートさせていた。妊婦ゆえ肉体にダメージを与える責めはできないが、執拗によがり歔かせることによって理想的なマゾ奴隷になりつつある。もたらされた情報によると、おめでたを伝えた十月以降、夫婦間でのセックスは控えているらしい。そこから派生する欲求不満も、調教には都合よく働いた。

あとは最終仕上げに臨むだけだった。その日取りも半月後——四月の第二週目と決めてある。ちょっとしたサプライズも用意していた。

お腹の子は黒人の胤かもしれない——。

証拠のビデオを観せ、岸田はその可能性をほのめかす予定だった。産んだ子といざ対面したとき、あまりのショックに気がふれてしまわないように。

「お姉さまッ……もう駄目ッ……イキますッ……イッちゃいますッ！」

「わたしもッ……一緒にッ……萌ッ……わたしと一緒に！」

切迫した声をほとばしらせ、冴子と萌はヒップをぶつけあった。四つん這いでディルドゥを貪るさまに女らしさは一片もない。獣欲に溺れたふたりは、まさにケダモノだった。淫らで美しい、愛すべき牝犬だった。

「イクッ！　イクうううぅぅッ!!」

「わたしもッ！　イキますッ!!」

じきに絶頂の叫びが相次いで上がった。反り返った女体がシンメトリーをなす。そんな性奴たちをグラス越しに眺め、岸田はまた口角をくつろげた。

＊　　＊

出張する浩利をポーチから見送り、美緒はリビングに戻った。エプロンを外し、手近なソファに腰掛ける。妊娠三十二週目を迎え、迫り出した腹部の重みが負担になりつつあった。

きみは赤ちゃんを産むことに専念してくれ。掃除や洗濯は明日香と手分けしてやるから――。

そんな言葉に甘え、ここ最近は家事も手控えていた。

時計の針が十時を回った頃、家の前でクラクションが鳴った。ビクリと腰を上げ、美緒はカーテンの陰から表通りを眺めた。フェンスの先に紺色のセダンが停まっている。庭木に隠れて車内は窺えないが、乗っているのはカズとリッキーに相違ない。昨日の夜、十時過ぎに訪ねていくと電話で報されていた。

――これからまたあの連中に……。

美緒は下唇を噛み、足下に眼を落とした。

年が明けて以降、カズたちは半月ごとに押しかけてくるようになった。時間帯はまちまちだが、なんらかの手段によって浩利のスケジュールを把握しているのだろう、決まって女しかいないときを狙ってくる。

彼らの周到さは乗りつける車にも表れていた。来るたびにカラーが異なるのだ。それは借り物であるからにほかならなかった。

以前、ふたりが食事をしている隙に、車庫に停めた車を確認したことがある。だが、レンタカーを示す『わ』の文字を認めて身元の割り出しは諦めた。したがって『カズ』と『リッキー』という渾名以外、どこの誰であるのか現在もわからない。これまで幾多もまじわった相手だというのに……。

再度クラクションが鳴らされ、美緒は顔を上げた。あまり待たせると近所の目につきかねない。すっと息を入れ、足早にリビングをあとにした。

セキュリティパネルを操作し、車庫のシャッターと玄関のロックを解くと、一分と経たずにカズたちが入ってきた。例によって、ふたりともマスクを被っている。カズが赤、リッキーが青と、色もいつもと一緒だった。

「おはよう、美緒夫人」

気さくにカズが挨拶をよこした。美緒は唇を引き結び、ツンと顔を背けた。もとより返事があるとは思っていなかったのだろう、ふたりは揃って苦笑った。

リビング、和室、バスルーム、空き部屋、キッチン、そして夫婦の寝室……。この三カ月の間に、美緒は至る場所で犯されてきた。よって、この家の間取りをカズたちは熟知している。そのことを物語るように、シューズを脱いだふたりは躊躇なく奥へ進んだ。あたかも勝手知ったる我が家のごとく。なのに文句ひとつ吐きつけられず、女中のようにつき従う自分がひどく情けなかった。

「明日香は学校か」

リビングに入るとカズが訊いた。ここでようやく「はい」とこたえた。

この春から明日香は大学に通っている。つらい日々が続いたにもかかわらず、強い意志を貫いて第一志望の医学部に合格したのだ。

カズは小ぶりのバッグを提げていた。それを応接セットに置き、リッキーと一緒にシングルソファを持ち上げた。リビングの隅には50インチの液晶テレビがある。その手前にソファを移動させた。

「着ているものを脱げ」

不安げになりゆきを見守っていると、応接セットに戻ったカズが冷淡に命じた。言動からして、このままリビングで弄ばれるのは疑いない。窓の外は清涼な光に満ちていた。その輝きが一段と心を翳らせる。

「お腹の子は九カ月になるんです」

腹部に手をやり、美緒は縋る眼で訴えた。だからもう許してほしい、と。

しかし切なる願いは「それがどうした？」という嘲笑をもって退けられた。「臨月だってセックスはできる。そんなことぐらい医者から聞いてるだろ？」

「でも、もし万一のことがあったら——」

「俺らもそのへんは注意している」反駁を遮り、カズが言い放った。「いままで手荒に扱ったことはあるか？　ただの一度でも」

自信たっぷりに指摘され、美緒は返答に窮した。確かにカズの言うとおりだった。この三カ月というもの、彼らには凌辱のかぎりを尽くされている。しかし母胎をはじめ、肉体を傷つけられたことは皆無だった。

「わかったら素っ裸になれ」沈黙を破り、カズが繰り返した。「ちゃんと言うことを聞いたら、今日でラストにしてやる」

「……それは、どういう？」

「ここへ来るのはやめてやると言ったんだ」

不遜なカズの顔をじっと見つめた。含みのある物言いだが、マスクに縁取られた双眸に偽りの気配はない。みたび裸になるよう催促され、美緒はぎこちなく首肯した。どのみち抗えないなら、場当たりな口約束でも信じるしかなかった。

「その前にカーテンを閉めてください」

ちらりと表通りを眺め、伏し目がちに頼んだ。以前、泣き叫ぶのもかまわず窓辺でレイプされたことがある。今日もまた『露出調教』にかけられる懸念があった。が、案に相違して要望はあっさり聞き容れられた。

「撮影するのも、どうか……」

バッグの中からデジタルビデオカメラを摑んだのを見て、ふたたび懇願した。だが「こいつは譲れない」と苦笑まじりに一蹴され、並び立つリッキーの手にビデオカメラが渡った。美緒は『これで最後だから』と自身を奮い立たせ、レンズを向けるリッキーの前でジャンパースカートを脱いだ。

「妊婦用にしては洒落ているな」

カットソーも脱いで下着姿になると、正面に廻ったカズが満足げに評した。マタニティインナーは総じてデザイン性に劣る。それを嫌い、王室御用達のブランド品をヨーロッパから取り寄せたのだった。

「ブラは何カップだ？」

「いまは……Jカップです」

羞じらいに身を捩りながら明かすと、カズが「ほう」と感嘆した。「サイズで言うといくつになる？　ひょっとして一メートルを超えてるんじゃないか」

美緒はかぶりを振った。しかし、実のところ正解だった。春先からバストが張りはじめ、いまや一〇一センチもある。妊娠前より一割近くサイズアップした計算だった。

「じゃあ、おっぱいから見せてもらおうか」

期待をあらわに告げられ、潤んだ瞳でカズを見返した。いまいちど覚悟を固め、おもむろにホックを外す。

「おっと、隠すんじゃない」

まろび出た乳房を掌で覆うと、すかさずカズが命じた。腕は躰の横につけろ、と矢継ぎ早に指示される。美緒はクッと歯嚙みし、まっすぐ腕を下ろした。

それからまた品定めが行われた。バストを接写しながら、今度はリッキーも加わる。

「こないだより乳首が黒ずんできたな」

「サイズも一回り大きくなってないか？　乳輪なんて七、八センチありそうだ」

「ドドメ色のブツブツが気色悪いな。あと、まだらに浮き出た血管も」

「けど、かたちは相変わらずパーフェクトじゃないか。普通、Jカップともなると左右にだらしなく垂れるもんだが、奥さんの爆乳はむっちり真ん丸くて、それこそマスクメロンをふたつ並べたみたいだ」

愉快そうに笑いながら、ふたりは好き勝手に放言しあった。美緒は顔を背け、淫靡なコメントが浴びせられるたびに下唇を嚙んだ。どれも事実であるだけに、胸裡にもたげた屈辱感はひとしおだった。

「お次は下だ」

乳房の熟れ具合を揶揄したのち、顎をしゃくってカズが命じた。

──ためらえばますます惨めになる。

そう心に念じ、美緒はストッキング、ショーツと無表情に脱ぎ下ろした。

「もう一度気をつけをしろ」

畳みかける指示にも意を決して従った。とはいえ羞恥心までは排せない。

「すっかりジャングル状態だな、清楚だったアンダーヘアも」

「妊娠線がまた妙にそそる。これぞボテ腹って風情で」

いやらしい視線が突き刺さり、美緒はくなくなと躰をもじつかせた。それでも涕泣するのはどうにか堪えた。

「よし、そこに跪け」

次なる指示に、顔を正面に戻した。移動させたソファの傍らをカズが指差している。美緒は「はい」とうなずき、指定されたポジションに膝をついた。恥辱の時間が極力短くなるよう、表向きは従順であり続けた。

手早く衣服を脱ぎ、ふたりもボクサーパンツ一枚になった。バッグを漁ったカズが白無地のディスクを持ってテレビへ寄る。どうやらＤＶＤのようで、プレイヤーにセットされた。

「今日は趣向を変えて、想い出のビデオを観ながらハッスルしようじゃないか」

ソファに腰掛け、リモコンを片手にカズが嗤った。その面差しと『想い出のビデオ』という言葉に、美緒は「まさか――」と眦を裂いた。ぐいと首肯したカズは、果たして「あのＤＶＤは別荘で撮ったものだ」と説明した。

「何度かご覧になってるだろ？」

美緒は首を振った。自分が凌辱されている映像など観られるわけがない。

「じゃあ捨てちまったのか？　送ってやったＤＶＤは」

「……まだ、持っています……」

「どう処分したらいいのかわからなくて？」

はい、と美緒はこたえ、探る眼でカズを見上げた。「あの、動画サイトのほうは……アクセス不能になっているんですけど……」

「あっちはチェックしたんだ？　ま、当たり前か」ひとり納得したカズは、でも安心していい、と笑って続けた。「去年のうちに削除しておいたよ。いつも素直でいるご褒美に」

美緒はホッと溜息をついた。悔しいが安堵せずにはいられなかった。

「さて、ビデオ観賞会といこうか」

画面にリモコンを向け、カズが再生ボタンを押した。数秒のブランクを挟み、映像がスタートする。全裸で傅く自分と両脇から突き出された毒々しいペニスが眼に入り、美緒はサッと顔を背けた。と――。

「眼を逸らすな」

厳しくカズが吐きつけてきた。しっかり観ないと仕置きするぞ、とも。

冷ややかな脅しに負け、美緒はテレビに眼を戻した。

「わたくし、永瀬美緒は――」

画面の中の女は涙声で切り出し、平伏した裸身をわななかせて淫らなセリフを述べ上げた。

そして頬をはたかれた末、突きつけられたペニスを嫌々しゃぶりだした。

「ビデオを観ながらフェラチオするんだ」

ややあってカズが言った。美緒は「はい」とうなずき、ソファに躙り寄った。口唇奉仕させられることは、カーペットに跪いたときから薄々予想していた。

続いて「パンツを脱がせろ」と命じられ、それも逡巡せずに従った。カズの足首からパンツを抜くと、開いた内腿の間に躰を分け入らせた。

妊婦ヌードに興奮したのか、目の前のペニスは半勃ちしていた。脈打つ根元を指先で掴み、サイドから口を寄せる。画面に対してソファは横向きに置かれているので、おぞましいビデオが自ずと眼に入った。美緒は『これも解放されるため』と自身に言い訳し、差し伸べた舌をカリ首に絡ませた。

とたんに牡の匂いが鼻を衝いた。それは発酵臭にも似て、ひどく饐《す》え臭かった。なのに不快には感じない。むしろ腰のあたりがキュンと痺れた。

――もうじき母親になるというのに……。

性に脆《もろ》い自分が恨めしく、美緒は胸の裡で嘆いた。とはいえ口遣いは止まらない。亀頭にキスの雨を降らせ、押し当てた舌で裏筋をさすり、口に含んだ陰嚢をレロレロ転がした。

「まるで別人みたいだな。あそこに映っている女とは」

からかうカズの言葉に、美緒はビデオを凝視した。確かに、去年に比べて驚くほど技巧的になっている。しかし好んでマスターしたわけではなかった。すべて無理やり覚え込まされたことだ。半ば抗議を兼ね、深々とペニスを咥えた。

「ディープスロートもお手のものか」

満足げなつぶやきに応え、やおらストロークを開始した。そそり立つペニスは、呑み込むほどに雄々しさを伝えてくる。口内にまとわりつく先走りのエキスがまた、ぐらつく女心をますます妖しくさせた。

「だいぶ気分が出てきたな。よし、オナニーしながらおしゃぶりしろ」

ペニスを頬張ったままカズを見上げ、美緒はイヤイヤをした。そんなあさましい真似はできない。だが、発情した女体が羞恥心を裏切った。気がつくと、迫り出した腹部を抱える恰好で性器に手を伸ばしていた。

——もうこんなに⁉

指先にぬめりを感じ、さらに愕然とさせられた。間違いなくしっとりと潤っている。ラビアは厚くしこり、はしたなく左右にくつろいでいた。

「んむうぅぅッ！」

我知らずクリトリスにふれた瞬間、背筋に電流が走った。と同時にズンと腰を突き上げられ、灼熱のペニスで喉奥を塞がれた。それでスイッチが入ってしまった。

「むふッ……んふッ……むふッ……」

小鼻を膨らませ、美緒はしゃにむにペニスをねぶった。秘孔に指を挿し入れ、剝き上げた敏感な珠をいじり回し、快楽の炎が揺らぐたびに悩ましく腰をくねらせた。

──なんで感じてしまうの……いけないことなのに。

ほどなくクチュッ、クチュッと湿っぽくヴァギナが鳴りだした。その音にスピーカーから届く「んむッ」「くはッ」という呻きが溶けあわさる。ステレオをなした淫音は、惑乱する脳内でハーモニーを奏でた。

──ああッ、こんなのって……。

霞んだ視界にエクスタシーの兆しも見えてきた。いますぐ手淫をやめなければ、さらなる生き恥を晒してしまう。そのことを惧《おそ》れつつも、性器をこねくる指遣いは激しさを増すばかりだった。が──。

そのまま達しはしなかった。前屈みになったカズが、乳房をグニュッと捻り潰したのだ。

「いやッ、いたいッ！」

堪らずペニスを振り外し、美緒は叫んだ。暴走していた指もはたと止まる。

「そんなに強く握らないでください」

「自分だけイこうとした罰だ。ほら、もっと胸を突き出せ」

冷眼に射竦められ、美緒はおずおずと言われたとおりにした。するとカズが両手を伸ばし、片一方の乳房を縊りはじめた。それこそ搾り立てるように。

「どうだ？　Ｊカップ爆乳の揉み心地は」

興味深げなリッキーの問いに、カズは「ちょっと硬めだな」と笑ってこたえた。「ぎっしり実が詰まっていて、弾力がすさまじい」

「まさにゴム鞠って感じか」

ああ、とカズはうなずき、揉むスピードを速めた。ときおり指が食い込み、美緒は「おねがい」「ゆるして」と慈悲を訴えた。だが当然のごとく嬲る手は緩まなかった。

そのうち乳房の芯がムズムズしてきた。高まる掻痒感に「あッ」と叫ぶや、しこる乳首から白い液体がピュッとほとばしった。

「いやあああぁッ!!　なんでッ、なんでお乳が！」

「妊娠九カ月なら、おっぱいが出たって不思議じゃない」

たじろぐ美緒をよそに、カズはしたり顔をほころばせた。そして根元から引き千切るように乳房をしごき立てた。

「やめてください。乱暴はしないで！」

美緒は抗い、嬲る手を摑んだ。しかし乳房に食い込んだ指は外れない。かえって握り締められ、嚙み縛った口から苦鳴がしぶいた。

「今日でラストにしたいんだろ？」

とどめの脅し文句に、美緒はふっと抵抗をやめた。伏せた眼に悔し涙を滲ませ、摑み取ったカズの腕を解き放した。

「そうだ、それでいい」

勝ち誇ったカズが乳嬲りを再開した。両手で輪を作り、マッサージする指捌きで引き絞ってゆく。その動きが反復されるごとに、火照ったバストが乳まみれになった。

「……こんなのひどい……」

噴き出たミルクで、美緒の躰はたちまちベトついた。ぽっこり膨らんだお腹には、乳白色の川が幾筋もできている。立ち昇る匂いは甘ったるく、つい噎せそうになった。しかしカズの手は休むことをしらない。逆側の胸も執拗に嬲り、掌にまぶしたミルクを満遍なく双乳になすりつけた。

「これからしばらくローションいらずだな」ぬめ光る乳房を見て、カズが嗤った。「それじゃパイズリをしてもらおうか」

「……そんな……」

美緒はかぶりを振った。この男たちはどこまで辱めようというのか。だが冷たく睨めつけられ、最前の脅し文句を繰り返されると、反撥心《はんぱつしん》はすぐさま萎えた。

「さっさとやれ」

カズに代わり、片膝をついたリッキーが催促した。狙いすますレンズを恨めしく見返し、美緒は「はい」と震える声でこたえた。

乳嬲りがカンフル剤となったのだろう、見すえるペニスは萎《しぼ》むことなく真上を向いていた。怒張した表皮はドス黒くテカり、鎌首をもたげた毒蛇のように猛々しい。生唾を呑んだ美緒は、支え持った乳房でキュッと挟んだ。

「硬めなのも悪くないな。みっちりした締めつけ具合がたまらない」

卑猥な感想を聞き流し、美緒は『パイズリ』をはじめた。ピッチを上げるにつれ、ストロークも大きくする。こねる動きを加えたり、左右交互にしごきもした。いずれも『調教』によって叩き込まれた技だ。こうなった以上、一秒でも早く射精に導くことしか考えなかった。

「パイズリしながら先っぽを舐めろ」

次なる指示にも言下に従った。まっすぐ舌を伸ばし、乳房のはざまを出入りする亀頭をこそぐように舐めた。首を深く折り、鈴口にチュッと吸いつきもした。

そうして数分が過ぎたとき、ビデオを観るようカズが言った。パイズリを継続しながら、美緒はテレビに顔を向けた。

画面には『イラマチオ』する様子が映っていた。とても正視はできない。それでも我慢して観ていると、腰を振り立てたカズが口の中で果てた。

――人のことをおもちゃみたいに。

当時の屈辱感が再燃し、美緒は眼を逸らした。と、カズに下顎を摑まれ、「しっかり観るんだ」と顔を振り戻された。

「じゃないと、あとで慌てることになる」

怪しい言い回しに不安をおぼえ、美緒はビデオを注視した。

乳房でペニスを愛撫しつつ見入っていると、リッキーも口内に精を放った。ふたり分の精液を嚥下させられ、その際、カズに首を絞められた美緒は、ふいに躰を弛緩させた。ぼんやり記憶しているとおり、気を失ったのだ。

画面はそこで暗くなった。が、二、三秒してまた映像がスタートした。

両サイドに黒い影がちらつく。それは次第に鮮明になり、美緒はハッと息を呑んだ。

「……あのふたりが……どうして……」

衝撃のあまり声が擦れた。乳房を支え持つ手もピタリと凍りつく。

サングラスで目許を隠しているが、ビデオに登場した黒人たちはカズの『ツレ』に違いない。しかし彼らがなぜ写っているのか。

背景は明らかに別荘の一室だった。ベッドの上には全裸で眠る美緒の姿がある。その手足には革枷が巻きつけられていた。つまり先ほどの続きである証左だ。

「どういうことです？　あれは」

画面から眼を引き剝がし、カズを睨みつけた。しかし彼はまったく動じず、ご覧のとおりさ、と愉しげに笑った。

「失神している間に、美緒夫人はあのふたりに犯されたんだ」

「……そんな……だって……」

自分が気を失ったがゆえに明日香がレイプされた——。

あの忌まわしい一夜以来、美緒はずっとそう思ってきた。泣き叫ぶ明日香の横で、自分はのほほんと眠りこけていたのだ、と。

だが真相は違った。自分もまたレイプされていたのだ。意識がないのをいいことに。

「騙したんですね」

「そっちが勝手に勘違いしたんだろ」

嘲笑ったカズは、美緒の腕をぐいと摑んだ。真上に引っ張られ、美緒は「あッ」と叫んで立ち上がった。抗う間もなく後ろ向きにさせられる。膝裏を軽く蹴られ、バランスを崩した先には、屹立するペニスがあった。

「いやあああああああッ!!」

一気にヴァギナを貫かれ、仰け反った喉から絶叫がほとばしった。軋むような圧迫感に、自ずと手足がばたつく。そんな身悶えを尻目に、カズは悠然と腰を突き上げだした。

「抜いてッ！　抜いてくださいッ!!」

泣き顔を振りたくり、美緒は哀訴を噴き放った。四肢に力を込め、母胎を苛む律動から逃れようとした。だが、必死きわまる抗いは、いともたやすく封じられてしまった。あまつさえ後ろ髪を掴まれ、顔をテレビに捻じ向けられた。

「見なよ、ブラザーたちのむしゃぶりつきようを。まさにケダモノじゃないか」

カズの言うとおりだった。涙で霞んだ視線の先に、二匹の野獣がうごめいている。黒い巨体に挟まれ、いいように弄ばれる美緒は、どこか人形のように映った。

「美緒夫人はあの巨チンで犯《や》られまくるんだ。もちろんコンドームをつけずにね」

「そんな!?　いやですッ」

「いくら嫌がっても、過去の出来事は変えられないよ」

ペニスを繰り出しながらカズは言い、後ろから回した手でバストを鷲掴んだ。美緒が「やめてください！」と身を捩るのもかまわず、グイッ、ムニュッと搾りはじめる。

「ああッ、そんな――」

狼狽まじりに叫んだとたん、尖りきった乳首からミルクが噴きこぼれた。美緒は「おねがい」「ゆるして」と髪を振り乱した。しかし乳嬲りは止まらない。ふたたび躰がベトベトになると、迫り出した腹部にカズの手が這い下った。

「この中の子供は、もしかすると……」

耳許で意地悪く囁かれ、美緒はハッと泣きやんだ。

——まさかそんなはずは……。

あのとき受けた妊娠検査の結果は陰性だった。直後に生理も来ている。だが——。妊娠検査は百パーセント正確ではない、すなわち誤判定も否めないという。したがって、直近にきた『月のモノ』も素人判断ゆえの勘違いだとしたら……。

——子供の父親はレイプ魔の……黒人の可能性も⁉

そんな懸念を読み取ったように、カズが「ほら」と朗らかな声をよこした。

「ビデオを観なよ。いよいよ生チン挿入だ」

恐怖心を煽られ、美緒は泣き濡れた眼をテレビに流した。そこに映る自分はM字に開脚させられ、幼児の腕ほどもある長大なペニスで、いままさに貫かれようとしていた。

「いやッ、いやッ、いやあああああッ‼」

美緒は眼を剝き、絶叫を噴き放った。瞬間、頭の中が真っ白になり、絶望の淵に沈むまで「やめて」「入れないで」と暴れもがいた。

16

ママが出産を迎えたのはゴールデンウィーク明けのことだ。医学部の友人と夕食を摂っていたとき、父から「いま分娩室に入った」と連絡があり、明日香はタクシーで〈岸田総合病院〉へ向かった。

産婦人科の待合室には、父とママの母親がいた。ほかに出産を待つ妊婦の家族はいない。明日香は「お久しぶりです」と頭を下げ、ふたりの向かいに座った。

見上げた時計の針は七時半を指していた。一報を受けてから三十分が過ぎた計算になる。初産の場合、分娩室に移動して出産するまで一、二時間かかるという。したがって、あと小一時間は待つ必要がある。なのに父は、繰り返し様子を見にいっていた。焦っても仕方ないでしょ、と窘めても聞く耳を持たない。

「朝からずっとこの調子なの」

ママの母親はくすりと笑い、父の献身ぶりを面白おかしく語った。産む本人より一生懸命なので「いっそのこと代わってさしあげたら」と揶揄されもしたらしい。そのときの光景が頭に浮かび、明日香も眦を下げた。

「そろそろみたいだ」

興奮の面持ちで父が戻ってきたのは、間もなく九時になる頃のことだった。明日香はシートから腰を上げ、ママの母親と連れ立って待合室をあとにした。

「中に入るときは、これを」

分娩室の前に着くと、若い看護師がマスク、帽子、白衣をよこした。いずれもパッケージングされており、入室直前まで開封しないようにと釘を刺される。面会可能になったら呼びにくると言うので、それぞれ三点セットを手にベンチシートで待機した。

それから数分後――。

密閉されたドアの向こうで産声が上がった。明確には聞き取れなかったが、おそらく幻聴ではないだろう。その証拠に、父も、ママの母親も、ハッと眼を瞠っていた。

「生まれたみたい」

思わず口にすると、父がすっと立ち上がった。焦燥をあらわにドアの前をうろうろしはじめる。が、じきに足が止まった。

明日香も躰を凍りつかせた。分娩室の中から悲鳴が届いたのだ。産声とは違い、はっきり聞こえた。さながら咆哮《ほうこう》のような叫びが。

「どうしたんだ⁉」

父がドアに飛びついた。その隣に明日香も歩み寄った。しかし耳を欹てたときにはもう、なにも聞こえなかった。

「たぶん、後産で息んだのよ」

落ち着かせる口調でママの母親が言った。そんな彼女も顔を引き攣らせている。やがて父が懸念をこぼした。通常より一カ月早いのが災いしたのでは、と。

だが明日香は知っていた。ママの出産は予定どおりであり、絶叫した理由も……。

緊迫の時が行き過ぎ、分娩室のドアが静かに開かれた。

「いったい妻の身になにが!?」

廊下に出てきたカズに、サッと父が詰め寄った。母子ともに問題ありません、と彼はこたえ、「口で言うより――」と困惑げにつけ加えた。

「ご覧になられたほうが早いでしょう」

白衣やマスクを手早く身につけ、明日香たち三人はカズに従った。

分娩室の中は異様な空気が漂っていた。看護師は四人いたが、誰ひとり明日香たちと眼をあわせようとしない。ともすれば憐れみさえ感じられた。

ママの姿は分娩台にあった。出産のポーズではなく、足をまっすぐにして横たわっている。

眼はきつく閉じられ、頬には涙のあとが光った。眉間には皺が寄り、あたかも魘されているかのようだ。そんなママを一瞥し、鎮静剤を投与したとカズが説明した。

「ひどく取り乱したものですから……」

そのわけを尋ねる者はいなかった。父も、ママの母親も、唖然とした表情でバスケット形のケースを凝視していた。

その中でうごめく赤ん坊――。

肌の色は黒く、顔つきも日本人のそれとは明らかに異なった。

「……この子は……病気なんですか……」

赤ん坊に眼を留めたまま、慄える声で父が訊いた。カズは「いいえ」と首を振り、黒人とのハーフであることを示唆した。

「そ、そんな……」

絶句した父は、瘧のように躰をわななかせた。両手で口許を覆い、まさかあの子にかぎって、とママの母親もおののく。

そんなふたりに背を向け、明日香は分娩室を飛び出した。出口に向かいながら白衣やマスクを外し、手近なゴミ箱に放り込んだ。

そのまま表通りまで駆け抜けると、ふいに笑いが込み上げてきた。前から来たサラリーマンが気味悪そうに道を空ける。気がつくと涙をこぼしていた。かまわず夜道を走り、無理やり笑い続けた。

17

最上階の705号室には岸田と冴子、萌の三人がいた。VIPルームはみな防音性に優れているため、外界とは隔絶された感がある。時刻は十一時を回り、ガラス窓には切なげな街の灯が点々と滲んでいた。

室内の照明も絞ってある。いわば『儀式』の演出だ。あたりが青白く沈んだ分、晒された女たちの肌がより透きとおって見える。首や手足に巻いた革枷がまた、このうえないアクセントとなっていた。性奴の証であるピアスもしかり。いまや萌の乳首にも金色のリングピアスがきらめいている。

ふたりの裸身はソファにあった。やさしく抱き寄せられ、萌はすっかり甘えきっている。そんな彼女にピアシングを施したのは、ほかでもない冴子だった。萌がそれを望んだのだ。お姉さまの手でしてほしい、と。

ふたりのレズ関係は日に日に深まっていた。もはや恋仲といっても過言ではない。ならばと乳首のほうは冴子に委ねたのだった。が、仕上げの一刺しは譲れない。

ワゴンの上にはニードルと小ぶりのリングピアスが置かれていた。そこへ眼を落としたとき、ポケットの携帯が震えだした。

岸田はカーテンの際へ退《さ》がり、摑み出した携帯を見やった。サブウインドウには『永瀬明日香』と表示されている。通話ボタンを押し、耳に当てると、彼女は「カズ？　あたしだけど――」と気さくな声をよこした。

明日香は十六も歳下だが、他の遊び仲間と同じく岸田をニックネームで呼ぶ。しかしそれを理由に『生意気だ』と憤慨したことはない。菅沼ともども彼女のことを認めているからだ。かけがえのない妹分として。

明日香と知り合ったのは二年前、彼女が高校二年生のときだった。場所は六本木のクラブ。業界人がふらりと訪れ、チェックが厳しいことでも知られる店だ。

そんな一流店においても、明日香はひときわ輝いていた。ティーンエイジャーであるにもかかわらず、上辺だけの女にはないオーラを感じさせた。当然のように芸能事務所からも幾度となくスカウトされている。だが彼女は首を振り続けた。あまつさえ「アイドルなんてくだらない」と嘲りさえ浮かべて。

そんな姿が岸田の興味を誘った。これほどクールな高校生はまずいない。ときに寂しげな眼をすることにもシンパシィを抱いた。

セックスフレンドとなり親密さが増すと『この娘は同類かもしれない』と強く思うようになった。明日香も同じ匂いを嗅ぎ取った違いない。だからこそ岸田に頼んだのだ。

両親の仲をブチ壊してほしい、と。

その手段として明日香はレイプを要望した。加えて『いっそ妊娠させてほしい、そうすれば離婚がより確実になる』とも。

義理とはいえ母親をレイプしてくれと依頼する――。そんな女子高生に、さすがの岸田も愕然とさせられた。深入りすることに危機感もおぼえた。

が、美緒夫人の写真を一目見るや了承した。この女は最高のマゾ奴隷になる、とサディストの血が騒いだからだ。

それからは岸田のほうが積極的になった。明日香のリクエストを取り入れつつ、半月がかりで凌辱プランを練り上げた。

計画では美緒夫人の母性に訴え、さらには罪悪感を募らせることを主眼とした。たとえば別荘に押し入った際、美緒夫人が眠っている間に明日香はレイプされたことになっているが、実際はなにもしていない。『中出し』したように見えた精液は、スポイトで採取したエディとボブのものだ。明日香に殺精子剤を持ち出させたのも、妊娠の恐怖を煽り、『あのとき避妊できていたら』と後悔させるための布石だった。

こうした姦計に、美緒夫人はいっさい気づいていないはずだ。そのことを裏付けるように、さっき美緒さんと逢ってきた、と明日香が切り出した。

出産から一週間後、美緒夫人はひっそり退院している。そして家族のもとへは帰らず、ホテル暮らしをしていると聞かされていた。

「彼女、どうだった？」

「だいぶ落ち着いたみたい。食事もきちんと摂ってるようだし」

「赤ん坊のほうは？」

「そっちも問題なし。というより元気のかたまりね。泣き声コンテストに出場したら優勝できるんじゃない？　あるいは、おっぱいの早飲み競争とか。――それはさておき、おととい出生届を出してきたって」

「ということは、ひとりで育てる決意をしたわけだ？」

「近いうち離婚手続きもするみたい」

「お父さんは同意しそうか」

「するに決まってる」明日香はきっぱり断じた。「美緒さん、寂しさのあまり浮気してしまったって、そう打ち明けているから」

「おまえに累が及ばないように？」

「うん。いかにも彼女らしいというか」

「赤ん坊の父親については？」

「夜の街でナンパされたって説明したみたい。好みのタイプの黒人に」

作り話にしても陳腐すぎる、と岸田は苦笑した。「ま、そのおかげで俺らの思惑どおりになったわけだが……。おまえとしても万々歳だろう」

「どういう意味？」

怪訝に問い返され、岸田は首を傾げた。継母を追い出し、さぞ満足していると思っていたのだ。その点を質すと、カズは勘違いしてる、と朗らかに否定された。

「だってあたし、美緒さんのこと大好きだもん」

「……ならどうして『別れさせてくれ』なんて頼んだ？」

「あたしにとって母親になりえないから」明日香は決然と言い放った。「どんなに好きでも『お母さん』とは呼べない。けど、ふれあうほどに惹かれていく自分がいる。だから破壊してやったの。あたしの中の偶像を」

難解だな、と岸田はつぶやいた。反面、『明日香なら』と得心もする。

「今後はどう接していく？　元継母と」

「仲のいい女友達かな、理想は」夢見るような口ぶりで明日香はこたえた。「たとえ淫乱になっても見捨てたりしないよ。もちろん軽蔑もしない。——美緒さん、カズの病院で働くんでしょ？　表向きは事務職員として」

「いちおう、その手筈になってる」

「あたしもフォローしようか」

「とりあえず大丈夫だ」いまはその必要がないことを伝えた。「それより勉学に励んで一流の精神科医になれ。機が熟したらポジションを用意してやる」

「わかった。並行してＳＭの勉強もしておく」

快活な笑い声を最後に、明日香は通話を切り上げた。

彼女が精神医学に興味を持ったのは、エキセントリックな自分を解き明かすためではないか。ふとそんなことを思いながら、岸田もフリップを閉じた。

「永瀬さん、ですか」

ソファの前に戻ると、萌がおずおずと尋ねてきた。表情にも不安げな色がある。そこはかとなくジェラシーも読み取れた。寄り添う冴子も同じ想いを窺わせる。

——かわいい女どもだ。

岸田はつい微笑んだ。目の前で美緒夫人の話をされ、そのうち厄介払いされるのではないかと心配しているのだろう。

確かに美緒夫人の評判は格別だった。ビデオを観賞したＶＩＰらは最大級の賛辞を寄せている。中でも隠し撮りした出産シーンにひどく興奮したようだった。肌の黒い赤ん坊を見て、あられもなく泣き喚くさまが傑作だというのだ。早く母乳プレイを楽しみたい、次は自分の子を孕ませてやる、とサディストならではの要望もあとを絶たなかった。

が、それを理由に特別扱いすることはない。性奴はみな大切なパートナーだ。

「おまえたちにも輝かしい魅力がある。だからつまらない嫉妬はするな」

叱るように言うと、ふたりは「はい」と揃ってうなずいた。岸田は『よろしい』と目顔で告げ、Ｍ字に股を開くよう萌に命じた。

「……恥ずかしい……」

座面に足を載せ、萌が陰部を晒した。相前後して、立ち上がった冴子がソファの後ろから膝を支える。むろん暴れて怪我をしないようにとの気遣いだ。敏腕看護師らしく、このへんの呼吸は心得たものだった。

指先に消毒液をまぶし、岸田は床に跪いた。やおら包皮を剝き上げ、露出したクリトリスをしごきはじめる。

「……あッ……くッ……」

ピアシングへの恐怖からだろう、萌のよがり声はいつになく儚げだった。ただし女体の反応は豊かだ。ぬめる肉の芽をこねくり回すうち、丸っこく屹立した。

「よし、いくぞ」

一声かけ、ワゴンの上からニードルを摑んだ。瞑目した萌の肌にサッと漣《さざなみ》が走る。両膝を支える冴子の手にも力がこもった。岸田はニードルの尖端をクリトリスに当て、張り詰めた表皮にズブリと突き刺した。

「いッ、いやあああああああッ!!」

鋭敏な突起を穿つや、萌の細腰がガクンと跳ねた。ＶＩＰルームにこだます絶叫は、またひとり性奴が誕生したことを知らせる、いわば産声だ。

——ゆくゆくは美緒夫人にも……。

岸田はリングピアスを摘み、スタンドの光にかざした。そして小さなきらめきの中に、完成迫るハーレムを見た。

この作品は書き下ろしです。原稿枚数387枚（400字詰め）。

幻冬舎アウトロー文庫

●好評既刊
弟の目の前で
雨乃伊織

拉致された紗耶は、ヤクザの美人局に引っかかり法外な金を要求された大学生の弟の身代わりになる決意をする。美貌の秘書が性奴隷に堕ちた陰謀とは!? ハード&エロスの大型新人デビュー作!

●最新刊
姉の愉悦
うかみ綾乃

赤い糸で互いの首を繋いで横たわる姉と弟。「気持ちいいよ、漣。もっと感じてもいい? 姉さん、我慢できないの。ここが苦しくて……」。人気女流官能作家が描く、切なくも狂おしい官能絵巻。

●好評既刊
指づかい
うかみ綾乃

苛烈な快楽を刻み込む、カメオ職人・瀬能岳生のいやらしい指づかい。その繊細な動きに身悶える女たち。出会いと別れを繰り返す男女の、切なくて狂おしい情交を描く、傑作長篇官能小説。

●好評既刊
出張ホスト
僕のさまよい続けた7年間の記憶
一條和樹

借金返済後も出張ホストを辞められない和樹。女性の数だけ性欲や悩みもあることを実感する日々。そんな中で出会った由美子とはプライベートでも会うようになる。衝撃の告白記・第3弾!!

●好評既刊
黒百合の雫
大石　圭

摩耶と百合香、女どうしの同棲は甘美な日々。優しく執拗な愛撫で失神するほどの快楽を与え合う。だが二人の関係が終わりを迎えた夜、女は女を殺すことにした——。頽廃的官能レズビアン小説。

幻冬舎アウトロー文庫

●好評既刊

職務質問
新宿歌舞伎町に蠢く人々

高橋和義

ヤクザ、シャブ中をはじめ犯罪者が集まる新宿歌舞伎町。この街の交番には「職務質問のプロ」と呼ばれる地域警察官がいた。日本一の歓楽街で体験した事件を元警官がつづったノンフィクション。

●好評既刊

伯父様の書斎

館　淳一

亜梨紗は女子高生の時に、伯父の書斎で週三回の個人授業を受けていた。椅子に括られ、全裸でレッスン。清純な少女が、まさかこんな責めに悦ぶとは……。この秘密は、ある人物に覗かれていた！

●好評既刊

蜜のまなざし

水無月詩歌

憧れの緋沙子先輩が婚約した相手は、狡猾な英哉。ショックで籠っていた資料室に突然二人が入って来る。隠れた俊樹の前で始まる痴態。陰部を滴らせた緋沙子に、俊樹の目は吸い寄せられて……。

●好評既刊

からまる帯

吉沢　華

上司・江崎に溺れて不倫関係になった衣里歌。一方で江崎の妻・泉美は衣里歌の彼氏・大野の若い肉体を味わっていた。４人が対峙した時、嫉妬と欲情の渦巻く妖しい宴が幕を開ける——。

●好評既刊

両手に花を

若月　凜

冴えない中年会社員の弘樹は、清楚な女子高生春花と、その親友でボーイッシュなしのぶの処女を立て続けに奪う。快感を覚えた少女たちは競うように身体を開き、ついに弘樹の目の前で……。

GENTOSHA OUTLAW BUNKO

継母《はは》が美《うつく》しすぎて

雨乃《あまの》伊織《いおり》

平成24年2月10日　初版発行

発行人――石原正康
編集人――永島賞二
発行所――株式会社幻冬舎
〒151-0051東京都渋谷区千駄ヶ谷4-9-7
電話　03(5411)6222(営業)
　　　03(5411)6211(編集)
　　振替00120-8-767643
印刷・製本―株式会社 光邦
装丁者――高橋雅之

万一、落丁乱丁のある場合は送料小社負担でお取替致します。小社宛にお送り下さい。
定価はカバーに表示してあります。
Printed in Japan © Iori Amano 2012

幻冬舎アウトロー文庫

ISBN978-4-344-41822-6　C0193　O-111-2